U0450676

一生何求

The Answer to Life

毕啸南 著

湖南文艺出版社
HUNAN LITERATURE AND ART PUBLISHING HOUSE

博集天卷
CS-BOOKY

一代人有一代人的风雪
一代人有一代人的长征

不要怕,不要恨,

要靠自己,跟这个世界讨要一点活法。

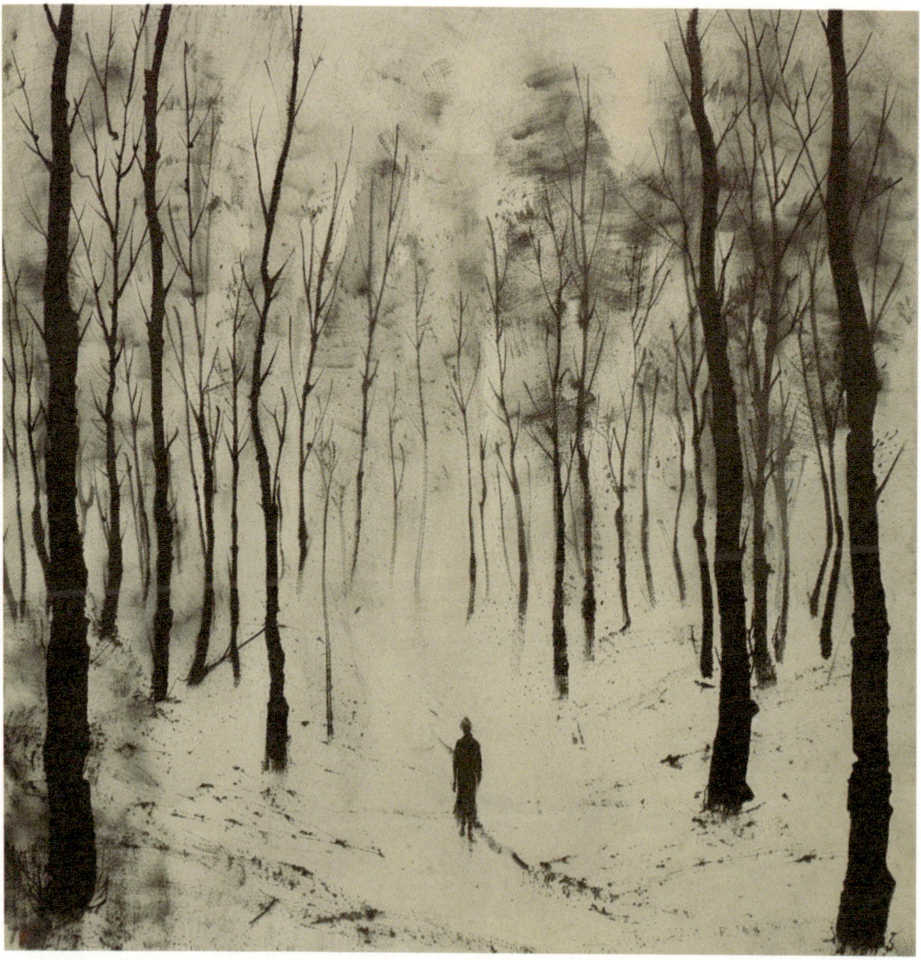

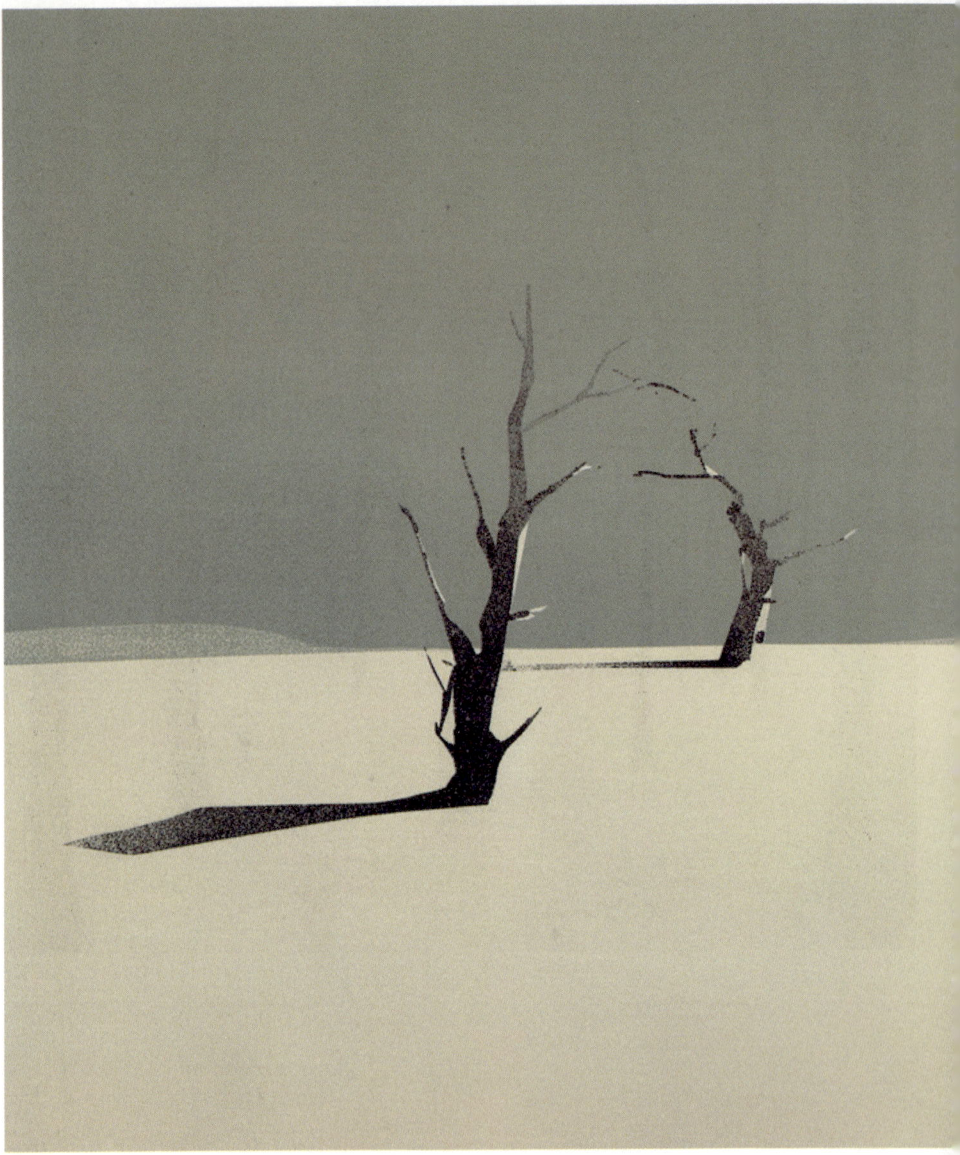

爱情是造神的运动，而神不住人间。

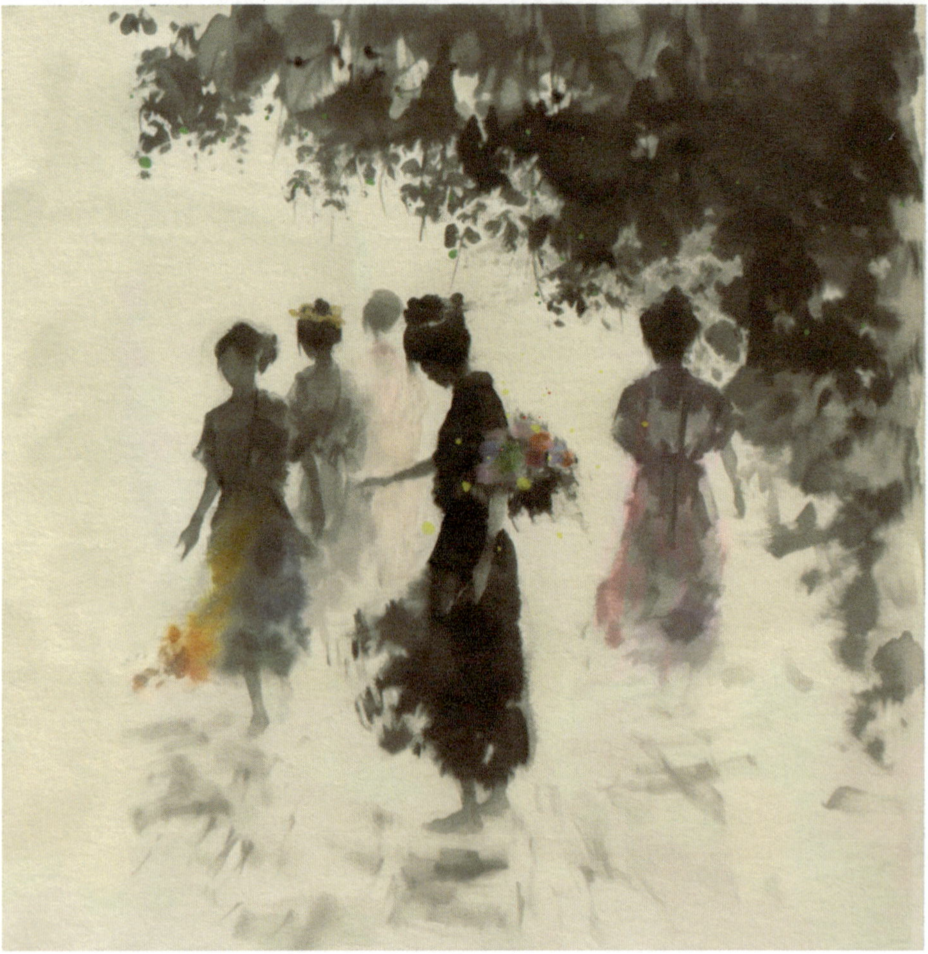

喷薄而出的欲望提醒着一个作为肉体的女人

　　　　　　　　　应该前往的方向。

―――――――― 她　有　罪　吗　?

任何一个平凡的人，哪怕再卑微，他的一生，

只要尽力活着,都是一部属于他自己的伟大史诗。

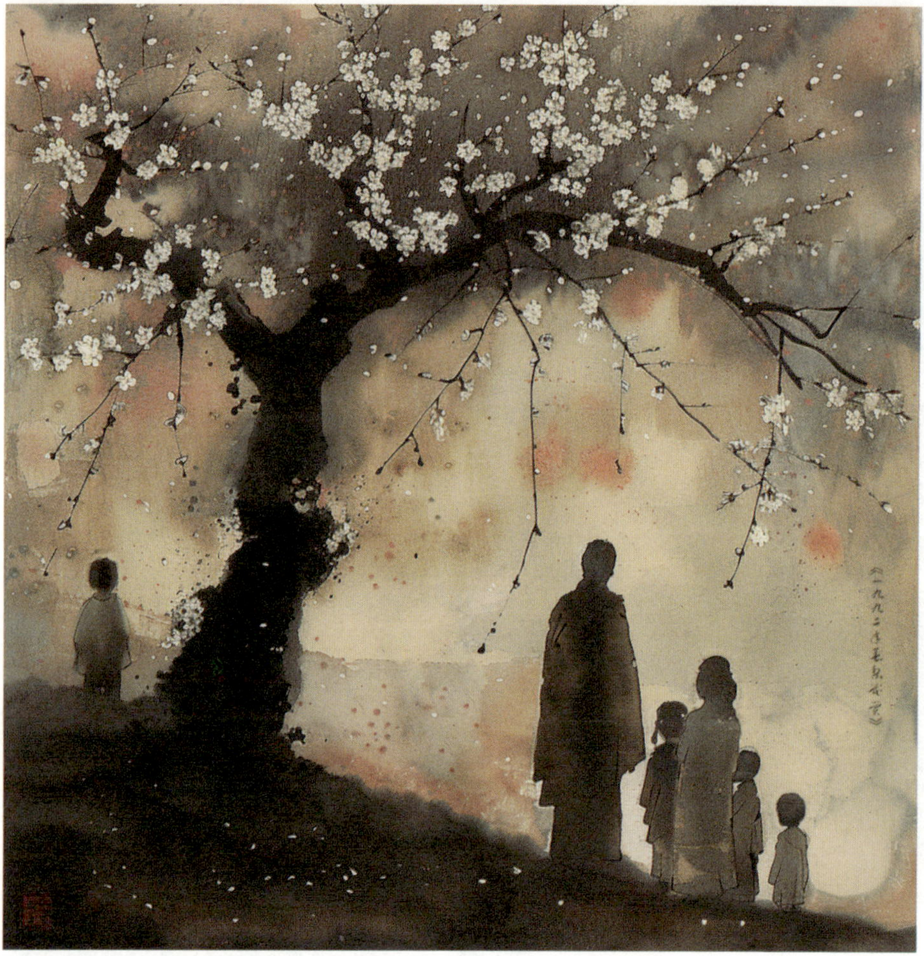

人 活 到 一 个 时 刻,

————————　　　必须决定你要成为什么样的人。

目录

001 自序

009 风雨大作

045 余生之恋

081 世界上最后一个女人

131 大雪之下

167 杀父

Preface

自序

幼时,我随父母搬迁到乡下生活,那座院子里有一棵野桃树。起初它只有半尺高,长在墙角,歪歪扭扭的。父亲说约莫是哪只鸦鹊衔来的桃核生了根,要把它除去。母亲却说一条命哪怕是意外,也有活下去的权利。父母仁慈,这棵树便兀自生长起来。

第三年春,桃树已蹿到父亲肩膀那般高,它稀稀落落地开了几朵花,粉而不娇,缀在疏影横斜的枝丫上,别有一番意趣。我与母亲都爱它。可过了几月,它的两根树权却越墙长到了邻居院里,它结的果子又酸又涩,并不招人喜欢,母亲只得笨手笨脚地拿起锯子把那两根斜枝锯掉。她一边"吱吱叽叽"地锯着,一边念念叨叨:"你有你的命呀,你再努力也长不成参天的树呀!"我在一旁听得糊涂,只是朦胧间好似明白,那堵院墙便是一道命运的天界。

母亲相信人都有命数。人生真正的大事,靠的都是一个"命"字。我们能做的,无非修修补补一个"运"字。她看重我读书,是盼我能知"命"改"运"。

桃树显然不领母亲的情。它长得野蛮,又一年,它的根茎扎裂了墙角，父亲便再也不顾母亲的劝阻，拿锄头刨了它。

我长大后，常想起这棵野桃树。

它本是一颗弃果，因一只鸦鹊衔到一处泥土肥沃的院子里得以生长，又凭着生命的本能与无限努力，长成了一棵开花结果的树。母亲的一念之仁是它的运气，它运起了，却不知止，不知万物的命格都已早早注定。它如果窥得"天道"，不去无节制地生长，或许也不至于最后一朝命殒、悲情落幕。但有时我又想，那棵野桃树，或许并不后悔它的选择，它虽是一颗野果，却并不甘心一辈子困于一隅。那么它若是一棵结满了肥大鲜美的果子的树呢？命运是否便会就此不同？

它启蒙我思考生命，我却并没有替它寻到答案。

人如此树。一个人是谁，追求什么，如何选择，这些总和便构成了人的一生。

《一生何求》讲的便是关于命运、选择、追寻和承受的故事。来自胶东半岛的一个平凡家族，渺小的四代人，在长达一百三十多年的叙事长河里，人物命运在历史潮水间沉沉浮浮。太阳底下无新事，这些看似不同时代的故事，轮回的却是你我同样负重的人生。

在他们的故事里，我试图看清苦难与悲剧：每个人都会死，每个人都要经历苦难，但不是每个人的死亡和痛苦都能写成一部悲剧。晚清最后一届秀才毕富海与他的奴仆哑巴哥儿在奔赴乌苏里莽林的传奇大逃亡中，一个可怜人以一种高尚的死法，最终获得了对自我生命价值的"喜悦的肯定"，这是苦难走向伟大过程的一部分，这是悲剧。

我试图看清爱情与永恒：爱情是造神的运动，而神不住人间。但偏偏有人不肯向老天低头。在内战、政治动荡、两岸分离的暴风雨中，在陈余生、毕文荣与胡蕙心三个人长达半世纪的生死之恋里，他们拿起人性中另一种叫作情义的武器，守卫他们对爱情的信仰，在有限与虚无的人生中，留下了一些可贵的东西，化作永恒。

我试图看清欲望与自由：三个来自二十世纪八九十年代中国乡村的"异类"女性，她们跳舞、种花、买九十年代最时兴的衣服，她们也偷情、自杀、杀人、以恶制恶……她们与村庄周旋，寻找精神的自由世界。她们提醒我，女性追求的不是与男性形式上的平等，而是各自有展现性别特质的权利、空间、尊严，以及积极、自由、均等的可能性。

…………

我想看清的还有更多，但我知道，我没有办法。作为一个不完整的人，作为一个始终与世界隔着一条缝隙的写作者，小说自然成了我逃离现实的一个出口。在体味了生活的不可概括和命运的不可预测后，我常把自己投入创作中，虽然这个过程也同样常常充满迷惘和苦闷。

从前少年风光，误认为写作是在创造命运，我可以决定笔下人物的生死。但经过几段人生才唏嘘了悟，作家只能臣服于命运，小说家不过是命运的翻译家。在写作中，我有时是自由的，有时却常常被一双无形的手操控着命运的进度。我总听到内心有个声音在向我倾诉，它讲到哪里，我就写到哪里。但这个声音好像并不是自己的，我干脆就理解为那是造物主在对我说话。造物主创造了我，我创造了笔下的人。创造和被创造，是平等的。

这本书的写作过程对我来说是独特、珍贵的。

2023年夏天，我经历了一场漫长的手术。进入手术室的那一刻，我心中充满委屈、恐惧与无助。我想到父母，泪水无声无息地滚下来：他们失去了我，还能不能活下去？

我想给母亲打一个电话，却不敢。那时我的姐姐因癌症正在医院抢救，我的变故如何能再与她倾诉。

母亲是我生命的最后一根拐杖。我向来坚信，哪怕全世界抛弃我,她也会站在我身边。可这一刻,我问自己:当生命的最后一根拐杖消失后,我该倚靠什么活下去?

长久以来,我的写作因良善、悲悯和富有同情心而存在,但我常常只是一个面对他人痛苦的旁观者。如今痛苦直接砸到我身上,我是选择自怨自艾,被命运击垮,还是伸出双手,哪怕跪下来,也要接住它?这样煎熬了几个日夜后,我痛定思痛,鼓励自己:没关系,一定可以挺过去。最坏的结果,就是以生命换作品。

文章惊恐成。生活停止的地方,就是文学诞生的地方。我开始每天早晨六点准时起床写作,一直写到下午,然后散步、看书、吃药、治疗。感谢写作。依靠写作,我挺过了至今为止生命中最黑暗的一段时光,平静、坚韧而富有创造性地度过了一个又一个漫漫长夜。我获得了一些新的生命感受:人世间的爱、财富、健康诚然可贵,但拯救一个人走过绝望的,只能是紧紧依靠自己的觉醒、智慧和勇气。

幸运的是,我的疾病最终只是虚惊一场;不幸的是,姐姐还是离开了我们。

《一生何求》是在这样的日子里写下的。

与写作一样，阅读也是一场勇敢者的探险。它不是为了观光、消遣，它需你孤身一人闯进一座广袤而危机四伏的森林，慢慢探索人类多变复杂的世界。

　　在这场探险里，请允许我无法祝你快乐。因为快乐需要一种未经世事的天真，而平静是一种饱经沧桑后依然可以抱有的纯粹。我愿你拥有一颗平静而富饶的心。

　　请允许我无法祝你顺利。因为我知道你的身体和心灵正在遭受重创。但当苦难在你的生命中降临时，我愿你清醒而勇敢，在时间中缓缓沉淀出仁慈与信念，将命运牢牢把握在自己手中。

　　请允许我无法祝你成功。因为生命并没有完美的终点，而生活永远在选择与承受之中。我只愿你一直在路上，去追问、去思考、去找寻。

2024 年 2 月 21 日 威海卫

The
Storm
Rages

风雨大作

———

存者且偷生
死者长已矣

《石壕吏》
杜甫

他在纷纷落叶之间仰起面庞,看不清是一只山鹰还是一只海鸥飞过。他微笑着。命运之鸟飞了过去,一片树叶落了下来。

壹 风雨大作

I

山压着山,岭挨着岭,无边无际。

天色渐晚,空中浮动着玫瑰色的薄云,远山连绵错落,被余晖勾勒出一层又一层灿烂的金边,犹如神阙。风一起,大森林里漫天的晚霞,凤尾凰羽一般呼啸而来,翻涌在那苍苍莽林之上。

十几丈高的椴树、粗壮的槲树、巍峨的红松树、挺拔的桦树……一棵棵被锯子伐倒,一声声、一片片,轰隆隆地倒在永恒的黑土地上。擎天柱般的树干被打成了木桦子,结实的树根被刨出来当火引子,那些空筒子树,连力气都不用费,只需在它的漏节处点上一把大火,借着春天的风力,卷着地面上苍老昏沉的灌木、厚如床被的落叶、经年蔓延的野草……

太阳彻底被这万古的森林吞噬了。一条条火龙放肆地在林中游走、旋舞、跳跃,熊熊烈火把暗夜里的那一片片天空也烧得通红。千万只鸟雀乌压压地飞走、惊鸣,继而寂静无声。大火噼里啪啦地怒吼着,乌苏里的莽林中,只剩下这一种声音。

这是一片广袤的处女林。洼地生草,岗地长树,草是一望无际的草,树是无穷无尽的树。老关东们沿着大江大河流过的山间谷地找森林、草原,一到春天,开荒的人都在烧场子、垦新地。一连烧上三四天,一片森林就消失了,老黑土地露出来了,土房子架起来了,垄地种上了秧苗。一个村庄起来了。

富海乐得嘴流油,拉着哑巴往林子深处去。连着几个月的逃亡,他本就细长的身子早瘦得跟个竹竿子似的,要不是身上那几片粗布料撑着,他还不如林子里一棵水曲柳粗壮。他才四十几岁,额间却已布满了纵横相间的褶子,面颊皮包着骨,颧骨凸起,唯独两只眼睛瞪得大大的,炯炯有神,毫不掩藏地露出些许不凡的神采和气韵来。一旁的哑巴,显然也是高兴的。哑巴比富海年轻几岁,虽也穿得破破烂烂的,一身紧实的肉却将骨头咬得死死的。两只紫葡萄大小的眼睛,躲在显阔的双眼皮底下,像温顺的兔子眼,看什么都冒着湿气。倒是额头右角有一道陈年的死疤,衬出了他几分英武。哑巴鼻梁矮矮的,鼻头却挺大,耳朵也挺大,跑起来,耳垂忽扇忽扇的,富海说,这是一身福气。哑巴在一旁"吱吱哇哇"地配合叫唤着,比画着,手舞足蹈。富海急匆匆地穿梭在林海里,他听得懂哑巴在说什么,回过头咧着嘴笑,一口大白牙,只略微有一点黄渍。"是啊,这里随便埋上一块土豆栽子,就能长出一炕的白光光大土豆哩!老天爷再残忍,难不成还不给俺们一条活路哩?"哑巴憨憨地直点头,饿了几天的脑袋金星直转,幻想出许多丰盛的画面来,脚底便铆足了劲儿地往前冲。

富海是来逃难的。他奔着乌苏里江中下游的饶河而来。这里汉人、赫哲人、高丽人混居,与俄国隔江相望。来这里开疆辟土的老关东,一大半都是从山东逃难来的。饶河在清朝初年隶属宁古塔,多有京城、中原罪人流放至此。富海奔往此地,是逃难途中经乡人介绍,说饶河多山东登州人,土地富庶,遍地流油,他一路饥肠辘辘,又思乡心切,不免心中向往。一来亲眼所见,果不其然,虽说要下苦力气讨生活,但心里总是有个奔头呀!

"活活一个人,怎么可能被白白饿死嘛。"富海折过身子,冲着哑巴喊,风在林间呼呼撕咬,将他嘶哑的声音吞没其中。哑巴把脑袋凑上前去,使劲儿地听,也听不清楚。富海又扯着嗓子喊:"老祖宗说,人生下来,自带口粮!"

哑巴直点头,耳垂忽扇忽扇的。

2

毕富海是晚清最后一届秀才。

他光绪十一年(一八八五年)生,小溪镇人。生的那天父亲的船队出海打鱼,归来所获颇丰,父亲笑得眉眼齐开,把他抱在怀里轻轻摇晃。母亲说取个名字,父亲摸了摸额头。"咱们祖祖辈辈都靠海活着,就唤他富海吧!"

富海十一岁那年冬天，趴在暖烘烘的炕头上，看窗外森森大雪。那雪漫天漫地的，缝补了天地，堆满了屋顶，染白了青松。这时密密麻麻的雪花里，渐渐隐出一大一小两个影子。富海瞪大了眼睛瞧得仔细，是母亲。她右手牵着一个乞丐装扮的孩子，五六岁的样子，雪都埋到他腰上了，母亲在前面走，踩出一个又一个脚窝，他在后面小心翼翼地跟着，一步也不敢抬头。富海从炕上"噌"地跳下来，等母亲到了房檐下，那个冻得浑身直打哆嗦的孩子才惊惶不安地四下瞥了几眼。富海细细打量。他圆圆的眼睛，潮湿地张望着，活脱脱一只兔子。母亲淡淡地说："是个哑巴，我见着可怜，乞丐堆里捡回来的，当个使唤小子吧。"富海高兴坏了，却听见父亲在书房里重重咳了两声，他便拉着小哑巴的手，往父亲房里奔去了。

富海拖着父亲的手，囔囔着："求父亲赐他一个好名字吧。"父亲正思忖着，母亲却掀开厚厚的门帘，卷着一地的风雪走进来。"镇子上的哑巴，哪里谁还有个姓名？就叫哑巴哥儿吧，贱名好活。"她说完，也不等父亲应声，又卷着屋里的一股腾腾热气往风雪里去了。哑巴哥儿低着头，两只小小的脚并拢着，一双小手交错在肚子前，轻轻地捻来捻去。那时的他已模模糊糊地意识到，那些被命运轻贱的人，连一个具体的名字都不配拥有。他们被小溪镇统一唤作"聋子""疯子""二乙子""娟子""傻子""哑巴"……

富海的祖父、父亲皆是小溪镇有名的商贾，世代管理着数目可观的家族船队，家底颇为殷实。富海生性善良、天真，又自幼养尊处优，父慈母爱，更是每日无所忧虑。怎料他十四岁这一年，小溪镇却遭了大疫，父亲母亲与城中数千百姓皆染上了时疫，竟先后离他去了。毕氏宗亲分了父亲家产，富海只得带着哑巴哥儿寄人篱下去了。

富海幼时，聪颖好学，常能见微知著，一闻千悟，少时则文噪乡里，颇有名气，及至光绪三十年，即一九〇四年，十九岁的毕富海竟一举考上秀才，一时间毕氏宗祠内外好不风光，热热闹闹的流水席摆了好几天。可惜历史造化，天意弄人。光绪三十一年，即一九〇五年，清廷下诏废除自隋文帝以来延续了一千三百多年的科举制度，他竟成了清末最后一届秀才，无门可投，无处可去。变局之下，人心惶惶，正当富海悲愤自己生不逢时之际，有同学邀他一起赴同盟会，东渡日本，富海宗族长辈皆惊恐，严加阻责。好在富海年少，性情又豪爽阔达，苦闷了不多久，便心想"天生我材必有用"，回到了镇里教书，成了闻名一方的私塾先生，颇获声誉。这期间他又娶妻生子，膝下一女一儿，倒也过得清贫安乐。

风雨大作之际，哪里有可藏身之处。不过数年间，光绪皇帝、慈禧太后不到一天先后离世，溥仪皇帝两岁即帝位，辛亥革命爆发，张勋复辟，中国随即陷入了长达十余年的军阀混战。胶东地方官员与派系军阀相勾结，横征暴敛，渔盐税尤重，民不聊生，重重压迫之下，远近几个渔村的乡民聚众反抗，推举富海做领袖。富海热血天真，又有英雄梦，有心为穷苦百姓争一口气。孰料军阀几日后派兵数百人，烧杀掠夺，抓捕百姓，当场击毙反抗者十余人，一时间血染大地。

  这日哑巴哥儿在海上行船，远远见着一支浩浩荡荡的军队杀进了村子里，不久村中便大火汹汹，哀号四起，他瞧了一会儿，马上明白了是怎么一回事，赶紧划着船往岸边靠。他跑回家，惊恐地在空中比画了半天，富海与哑巴哥儿自小一起长大，马上会意，赶紧拉着他的妻子和一双儿女往外逃。哑巴哥儿半年前捡回来养的一只小土狗，卷着黄茸茸的尾巴，也听得懂人话般，跟在主人身后跑。一家人跑出去了几里地，跑到海边了，妻子桂英方才想起来什么似的，"啊"地大叫了一声，又往回跑，哑巴哥儿拉不住，富海也拉不住，谁都拉不住。大女儿文秀已经十九岁了，她似乎知道桂英是要干啥，也跟着往回跑。富海搂着七岁的儿子文荣守在船边，焦躁地等待着妻女归来。风越吹越大，风声和海浪声交杂咆哮。好一会儿，他才见桂英和文秀朝海边奔来，她们气喘吁吁的，各人胸前都挂了好几个包袱。走到富海眼前，桂英才卸下一口气，又伸手挨个摸了摸文秀身上的包袱。"就这么些值钱家当！"说完，她一手拉着文秀，一手扯过文荣，匆匆上船去了。

哑巴哥儿早就起好了锚。人一齐,他掉船就走。富海安慰桂英说:"应该只需在船上躲上几天,避一避风头,风波便也过去了。"岂料船刚行不久,岸上的屋子就燃起了大火,滚滚烈火簌簌作响,浓烟冲霄而上,他心里这才回过味来,这家,是回不去了。

五个人,一只狗。海无穷尽。
他们开始了一段前路茫茫的生死大逃亡。

3

路是死的,人是活的。

一路颠沛流离,到了饶河,有早些年在此落脚的胶东父老听说来了一位故乡的秀才,主动提供了一处草房供他们五人居住,桂英感激不尽,富海连连鞠躬。说是草房,不过是有个遮顶的土盖子,四根粗圆木撑着,四周是一圈和着泥土、茅草的墙,一铺土炕,就这些了。亏了文秀的包袱里还有两张薄单子,夜里他们娘儿仨挤在土炕上,富海和哑巴哥儿睡在地上的干草垫子上,小黄狗挤在哑巴哥儿的两脚间。一家五口,总算有个落脚之地,可以好好睡上一觉了。

富海没做过农活苦力，加之连日逃亡奔波，几天下来，人便病倒了。倒是桂英，吃苦耐劳，干起活来干净利索，令人刮目相看。桂英是贫苦人家出身，富海做私塾先生时，她在私塾打扫做工，因生得眉目清秀，对富海又多有照顾，颇有母亲味道。一来二去，二人难舍难分起来，不多久便成婚了。

哑巴哥儿虽不能说话，但他四处摸索，眼观六路，耳听八方，终于寻到了一处好生计。富海留在家中养病、照看文荣，哑巴哥儿便带着桂英和文秀去采蘑菇。采到好的蘑菇，不仅可以果腹，还可以拿到城里去卖，换一些火柴、香油回来。好蘑菇都在岭子深处。他们顺着弯弯曲曲的山道，又翻过几处山梁，往深山涧里去。那些粗壮的大椴树、干枯的松树，树皮已经腐朽，树身上长着一层又一层肥肥厚厚的贝壳式的奶黄色蘑菇，这便是冻菇了。冻菇专门在深秋顶着霜降生长，是富海最喜欢的山中美味。"有中国人的节操哩，不畏风霜"，富海吃冻菇之前，总得赞美它几句。哑巴哥儿和桂英每次回来都能采上满满的两三篓子山珍。哑巴哥儿在小黄狗身上系一根绳子，小家伙摇摇晃晃着，也被训练得可以拖一捆柴火回家了。文秀性子像极了桂英，刚毅、泼辣，又多上几分少女情怀，她的篓子里不仅有上好的冻菇，还有褐黄色的圆形榛蘑，黑溜溜水灵灵的野梨子，篓子满了，她就在上面铺上一些野花，淡蓝色的鸢尾、柠檬黄的五虎草、深紫色的风铃草、奶白色的野百合和铃兰……她的篓子能装下整个晚秋。

日子这样渐渐熬出了点头绪来，却也总是饥一顿饱一顿的。尤其文荣，正长个儿的年纪，一天天饿得面皮铁青，身子只剩一副排骨似的。这天早上，天刚有了点青色，哑巴哥儿便拉出了富海，两个人蹲在地里，哑巴哥儿拿一块石头在地上写写画画，他儿时在富海身旁伴读，是能写字的。"这样下去不是办法，"一行字歪歪扭扭的，他又划拉了好一会儿，"咱们得去山里打猎，是个活路。"他划拉完，瞪着那双潮湿的兔子眼盯着富海，眼神却多出许多坚定来。富海喘了喘气，他心里不是没有想过，可他到底是手无缚鸡之力的书生，砍树种地尚能勉强应付，拿枪狩猎这样的活，可该怎么办呢？可生活把人逼到了死角，不杀过去，又能怎么办呢？纵有疾风起，人生不言弃。富海自己在脑子里念念叨叨着，编排完一场戏似的，他站起来，跺了跺脚，踩踩地面，拍了拍哑巴哥儿的肩膀，点点头，下定决心，要随哑巴哥儿一起，到山里打猎去了。文荣这时从屋里走了出来，他饿极了，肚子"咕噜噜"叫，哑巴哥儿回头看了他一眼，憨憨地笑笑，搓了搓手，"啊啊啊"地冲文荣唤着，仿佛在告诉他，一顿大餐马上就要上桌了。文荣听得懂，拍拍手，欢笑着，高兴极了。

哑巴哥儿把在老家海上的活法搬到深山里，竟也颇有心得，一通百通。他到山上，盯着的都是最贵的东西，比如人参，比如鹿茸。鹿茸是马鹿的角。马鹿脖颈修长，尤其是公鹿，鬃毛油顺、耳大如筒，转动灵活。马鹿左右两只角，树杈一般，前面一对眉枝，上面再有几个分枝。鹿角冬季脱落，到了春天，那新生的、柔软的茸角，是最值钱的。

但不管是人参还是鹿茸，都不是那么容易得的。深山老林里，除了这些奇珍异宝，更多的是危险的东西。狍子、狐狸、黄鼬、小灰鼠、猞猁狲、灰狗子……这些都是害不了人的，它们见着人，还以为见了鬼呢，从一丛草躲进另一丛草，从一棵树跃到另一棵树，长了翅膀似的，跑得比什么都快。倘若是遇到老虎，也不必惊慌，虎是山神的守护者，你不主动害它，它是不伤人的。只管找棵大树，隐过身子，胆子再大些的，扯着喉咙大叫一嗓子，那老虎便纵身一跃，往林子深处去了。倘若遇到一群野猪，你只管朝野猪群开上一枪，它们便会唏哩呼噜地一起跑掉，一头比一头胆小。但倘若只遇到一头孤猪，那恐怕人就要倒霉了。一头孤猪，遇到了人，反倒要拼起命来，真是令人不得其解。它拱起山丘一样的脊背，竖起耳朵，目露凶光，一旦被它袭击，那身高三尺多的大公猪，两只弯月刀子似的大獠牙，只一撅，再粗壮的人也给活活剜死了。

富海和哑巴哥儿用卖鹿茸的钱买来了两把土枪。一年的时间过去，两个人倒也成了有些经验的猎手了。这日哑巴哥儿和富海上山去打鹿茸，他们正走着，只听见"呜嗷"一声咆哮，前面一棵大树的洞子里，竟端端坐着一只大黑熊。有经验的老关东，在林子里若是不小心遇见了它,只管敛声屏气,或是悄声溜走,或是一动也不敢动。富海心下没数,吓傻了,还没等哑巴哥儿劝阻,他抬起猎枪,掰开大栓,"砰"的一声,搂火了。那黑熊聪明得很,竟一个大巴掌先扑了过来,一把将富海连人带枪地扇倒在地了。富海身体羸瘦,连滚了好几个圈,滚到一处深草甸子里去了。黑熊呼哧呼哧地追了过去,下过嘴便要啃他。哑巴哥儿急得没了办法,只得举起枪来,朝向黑熊连开几枪。那黑熊却不怕疼似的,脖子、胳膊都中了枪,依然来势汹汹、力大无穷。它转过身子来,又朝哑巴哥儿扑过来,哑巴哥儿顺势朝着黑熊的正前胸扣了扳机,他又开数枪,子弹"嗖嗖"地从黑熊的胸膛穿了过去,它的肠子"哗啦啦"掉出来,淌了一地,谁知那大家伙连草带肠子的在地上胡乱抓了一通,往肚子里一塞,又愤怒地咆哮吼叫,直奔着哑巴哥儿轰隆隆地冲过来,一巴掌把他摁倒在地了。富海见此情形,慌慌张张地从草甸子里爬起,弓起腰从黑熊的胯裆里钻了过去,想要顺势拉走哑巴哥儿。不料那大黑熊一扭身,两个人都被它坐在屁股底下,怎么挣扎都挣脱不出去了。富海心想,都说这黑傻子专好啃啮人的头皮,那锉一般的舌头往头上一过,连头发带头皮就全给掀光了,再来一口,脑壳也啃塌了。他海上逃难的时候,脑子里想过一百种死法,却怎么也没料想到,最后要被一只黑熊给活活啃死啊。

他闭上眼睛,准备等死了,却听到黑熊"嗷"一声叫。他瞪眼一看，刚刚一直在四周狂吠的大黄狗，竟一个纵越扑上了黑熊的脖子，死死咬住不肯松口了。哑巴哥儿一时心明眼亮，爬起来朝黑熊的心脏"突突突"一阵乱打。黑熊"轰隆"一声，终于倒地了。富海一骨碌爬起来，只见那两岁多的大黄，脖子已被黑熊活活啃断了。它呜呜咽咽的，躺在草地上，嘴巴发出和哑巴一样低沉的嘶鸣。哑巴哥儿把它抱过来，大黄在他怀里一股一股喷满了血，它一哼一哼地呻吟着，黑莹莹的眼睛里噙满了泪水。哑巴哥儿鼻头耸动着，喉咙一闪一闪。五岁那年，他的娘死了。之后他就再也没有哭泣过。他的命里容不下眼泪。可这一刻，他干巴巴的眼睛受不住了。豆大的泪，一串串落到大黄带血的身子里。大黄看得懂似的，竟铆足了全身的劲儿，轻轻扬起嘴巴，冲着哑巴哥儿"嗷呜嗷呜"地温柔叫唤了几声。不过几秒，它的小脚在主人暖和的手心里悠悠蹬了一下，哑巴哥儿心里数着，坚信它又蹬了两脚。它却一动不动了。

大黄死了。

4

也是有过甜蜜的时刻的。

文荣活泼，常绕着哑巴哥儿痴闹。孩童的生命力是消解人生悲苦的良药。文荣嘴馋，总缠着哑巴哥儿带他去山里采蜂蜜。哑巴哥儿有一套循蜂找蜜的好办法。一天傍晚，天上流云悠悠，哑巴哥儿背着文荣去找蜜蜂，寻摸了半天，只见一棵大椴树的树根处，数百只蜜蜂正在蜂巢外嗡嗡展翅，蔚为壮观。那蜂巢口对面的裸地上，竟有一群乌压压的黑蚂蚁在爬来爬去。它们腹部顶地，挥舞着触角，毫不示弱。哑巴哥儿还第一次见到这么新奇的场景，他蹲在远处，咧着嘴观望着这场蜂蚁大战。正在这两军交战的关键当口儿，蹲坐在一旁的文荣突然站了起来，他脱下裤子，鼓鼓的屁股蛋子往前一挺，"吱儿"的一声，一杆儿尿便滋向了那乌黑的蚁群，成百上千只蚂蚁军团顿时崩溃四散，逃生的逃生，战斗的战斗，有的瞬间就淹死在了这股洪流里。但尿却不长眼睛，一些蜜蜂也不小心被文荣的"暴雨"误伤了，不过一两秒，空中几只巡逻的蜜蜂便寻到了这场"暴雨"的源头。刹那间，数百只蜜蜂蜂拥而至，冲着文荣的小鸡鸡凶猛叮咬。哑巴哥儿吓得面如猪肝，他一把把文荣抱在怀里，两手紧紧地搂着，舍了命似的逃窜。等一路狂奔到了家，哑巴哥儿的脖颈、胳膊、手背、脑袋已经齐齐鼓满了大包。桂英匆匆脱了文荣的裤子，他的屁股蛋、小鸡鸡早已肿得老大。桂英用手指肚轻轻摸了摸，他这才哇哇大叫，号啕大哭起来。文秀在一旁见了，心疼得不得了，嘴巴却不由自主地笑出声来。

富海已和老关东们熟悉起来了。他们常常跟着一群乡亲去远近的林子里开荒。烧出一片新地来，就意味着又是一处丰收。富海和哑巴哥儿买了锹、锄头，连着十几天，便开出了几方田地来。又过了数月，种下的玉米已经蹿出了硕大饱满的穗，远望过去，一片青纱帐似的。老关东们说："七月十五定旱涝，八月十五定收成，一年的光景就出来了。"

这日月下，哑巴哥儿和富海在院子里生起了一堆篝火，土豆被裹上了一层泥巴，在火堆里冒出了一缕又一缕扑鼻的香气。桂英和文秀在不远处的玉米地里掰下几穗清甜的嫩玉米，文荣跟在文秀身后，抢着要帮忙。他小小的胳膊，抱上五六穗玉米便抱不动了，玉米滚落了一地，桂英瞧见了，朝他一屁股就是一巴掌，文荣"哇"地哭叫起来，富海扭头望去，却觉得这场景，好似他在故乡的模样，心下一怔，幸福得眼泪就要流下来。

种下种子，收获种子，这样过去几年，春天又来了。山沟沟里的土地上，人们忽地都不种粮食了。县里开赌馆的王麻子起了头，雇了几个长工来村子里种鸦片，不多久，"种鸦片，富流油"这句话就挂在每家每户的嘴巴上了。

富海也跟着种。四月底五月初，他和哑巴哥儿把烟种子撒在地里，学着别人家踩格子、间苗子，不多久，那些青苗苗就长到小腿肚子那般高了。等它们长出最后一片叶子，叶鞘顶端便会伸出一个椭圆的蕾苞,耷拉着脖子似的,人们唤作"拉烟钩"。不几天,这些烟袋钩子就全都伸直了脖颈,直挺挺地准备开花了。一到罂粟花开的时候,那黑里透绿的大凤尾蝶,成群结队的蜜蜂和各种叫不上名字的昆虫,赶也赶不走,整天在烟草地里"嗡嗡嗡嗡"地乱叫着。这缤纷绚烂的大烟花,只不过四五天就凋谢了。再过上十几天,花谢后的烟葫芦就长得像鸡蛋那般大了。富海和哑巴哥儿拿着烟刀子在前头割烟葫芦,桂英和文秀紧跟在他们身后抹烟浆。桂英和文秀一人捏着一颗大烟葫芦,她们用右手食指将烟浆轻轻抹下来,刮到小铁盒子里,这刮下来的烟浆,让太阳那么一晒,就变成了黑色的膏脂,这膏脂就是可以卖钱的烟土,也就是鸦片了。

好大一笔收成。终于要过上一点好日子了。夜里,富海高兴得合不拢嘴。他打算第二天一早便进城,把鸦片卖了,换些油盐酱醋,给桂英和文秀都扯上一身新衣裳,给文荣多买几样糖果,再给自己和哑巴哥儿来点酒食。他正这样和大家伙儿一一盘算着,每个人听了心里都喜滋滋的。这时,门外突然响起了一阵急促的敲门声,大家你瞪着我,我瞪着你,心想这半夜是谁来叫门?哑巴哥儿先起身去开门,不过数秒间,他就被一个五大三粗的汉子拿着枪,顶着脑门,一步步往屋里退去了。文荣吓得傻了眼,桂英慌张地把两个孩子往身后护。富海一瞧,那人后面还跟着三个黑汉子，一人手里一把大弯刀。

富海问："兄弟这是为何？"

拿枪的汉子用枪头又顶了顶哑巴哥儿的额头。"把今年的黑金（鸦片）交出来，我饶你们一家老小！"

富海吞了吞唾沫，镇定着说："俺们一家五口，您瞧瞧，连件像样的衣裳、被褥都没有。就这么点烟土，几位要是不嫌弃就收着。别为难我们这些受穷苦的人。"他边说着，边使眼色给桂英，桂英从炕底下摸出个小方盒子，抖着手慌忙递了过来。

后面那两个拿刀的汉子，一把把文秀和文荣从桂英后面扯了出来，其中一个拿刀"嗖"地在文荣大腿上一划，鲜血就"突突"地往外涌。"妈的，敬酒不吃吃罚酒，老东西不识抬举，我先把你儿子宰了！"

文荣"啊呀啊呀"地呻吟着、哭喊着，文秀惊吓得大叫起来。桂英什么话也没有说，直钻到炕底下，掏出了四五个墨色的瓶子，两个膝盖骨跪着，双手颤颤巍巍地献给了拿刀的汉子。"放了我儿吧，就这些了，全都在这里了啊。"桂英抱着文荣号啕，也不管那磨得溜光的大刀正架在她脖子上淫光闪闪。

站在最后面的那个矮个子男人撇着一把小胡子，贼眉鼠眼地笑着，他叽里呱啦地冲前面的汉子说了几句，富海才明白，竟是个日本人，伙着几个汉奸胡子来的。他心里正愤恨着。那提刀的日本人却走上前来，一把扯住文秀的衣领，刀一划，文秀右侧那只雪白的乳房便露出来了。文秀"啊"地凄叫一声，转过身就死死咬住那日本人的耳朵，日本人"吱哇吱哇"地叫唤着，文秀愣是不松口。拿枪顶着哑巴哥儿的那个胡子，一转头朝文秀"砰"地一枪，文秀这才晃晃悠悠倒下去了。血从文秀肚皮上喷涌出来，烟火一样四溅，溅到哑巴哥儿脸上，他感受到无数炸药在他面皮上炸开了。他打了一个趔趄，不由得往后退了两步。文荣哭喊着，要断了气似的，桂英抱着文荣，富海护着桂英，一把刀横在他脖颈上。哑巴哥儿身子靠在门板上。此刻只有他是自由的。没有人拿枪指着他，也没有人拿刀要砍他。就这么一个瞬间。他可以上前去搏一把的，至少可以豁出一具身子遮挡住文秀。可就那么一个瞬间，他却怔住了。他还没反应过来是怎么一回事，枪声"砰砰"又响了。连响两声。文秀倒在血泊里，一动不动了。

日本人捂着耳朵，骂骂咧咧地走了。三个胡子做小伏低，紧跟在他身后。其中一个刚走没几步，又折返回来，把炕上那两条薄薄的被子也顺走了。

桂英把自己的裤子撕成几条布，张皇失措地给文秀流血的伤口包扎上。桂英只管抱着文秀哭，哭得肺都要出来了。富海把手伸到文秀的鼻子前，早就没气了。他看着眼前这一切，眼泪也冲到眼眶里了，痛苦、愤怒、屈辱、心酸、委屈齐齐涌上心头。他别过脸去，用沾着血的手抹了抹，却看见哑巴哥儿也正揉搓着红了的眼，呜咽呜咽地哭泣啊！

第二天一早，村子里传开了，满村二十六户人家，竟全被日本人和胡子给劫了。脾气倔强的老于头，愣是不肯交出鸦片，整个脑袋活生生直接被劈成两半儿，各挂在门前的两根木棍上，一早被鸟雀把眼珠子全给啄没了。

村里的人一齐给老于头和文秀送葬，远近山沟沟里的乡亲们都来了。万民同悲，一路号啕，悲的哪里是别人，哭的都是自己啊！

富海看着长长的人群，长泣一声。"命运怎能这样不济啊！"

5

文秀死了。家里多了一个哑巴。

桂英每天一句话也不说。天上还有星的时候，她就爬起来，到院门口张望一会儿，然后去田里锄草、翻地；天上星如灯豆了，她又去门口张望，再一个人默默回来，洗衣、做饭。往常她该做的，一样也没有落下，活做完了，她就变出新的活来做，永不停歇。

这日夜里，富海宽慰她："人活着要是还有点念想，就得好好活下去，这不是还有文荣吗？"富海说这种话，自己心里也在滴血。可怎么办呢？人要么去死，要么就得活下去啊！

哑巴了大半个月的桂英被这句话激怒了。她猛地转过脸，冷冷盯着富海。"你这个当爹的，哪里还有一点良心啊。"她又扭过头，死死看着蹲在地上的哑巴哥儿，"他也是看着文秀长大的，就那么眼睁睁地看着她去死呀！狗都知道护主，况且他还是个人啊！"桂英这样嘶喊着，哪里是把哑巴哥儿当成个哑巴，她是把他当成了聋子，生怕他听不见啊。

哑巴哥儿听着这句话，梦里被天上的雷炸醒了似的，魂魄出了窍，肉身全瘫软在地上了。他惶恐地看着桂英，使劲儿地张大嘴，下巴颏一动不动地仰着，满脸的横纹全都顺着黝黑的皮往上飞起来了。他喉咙被泥水灌死了，半天发不出一个声响，两纵泪水却像两道山洪，浩浩荡荡滚下去了。他的鼻孔流出清液，嘴角漫出口水，仿若邪祟上了身，面如土色，污秽不堪。豆灯忽明忽暗，映在哑巴哥儿大水漫灌的脸上，泛出些魑魅魍魉的幽光。文荣在一旁看着，竟有些毛骨悚然。富海心里明白，桂英这是把悔、怨都撒在哑巴哥儿身上了，可扪心自问，那一刻换作他自己，他便能做得些什么吗？他想起三十多年前，那个在漫天的风雪里，瞪着一双潮湿的眼睛，四下张望着院子的稚子，活脱脱一只无辜的兔子。何苦是这样一个可怜人活该承受这一切啊！富海心酸地走上前，扶起哑巴哥儿，拍了拍他肩膀。一屋子里四个人，个个心如死灰，谁也不能再多说一句话，成了四个哑巴。

第二日天不亮，哑巴哥儿在附近寻着了一围残破的泥墙。那是一座被人废弃了的猪圈。两面已被风雨摧毁了，只剩一高一低，泥灰斑驳的两垛。哑巴哥儿搭了三天两夜，用玉米秸梗搭出一个草房，风也漏，雨也穿。第三天夜里，繁星满天，他低下头，一个人蜷缩进草屋里，睡下了。

秋天是慢慢来的，但凉意却是突然而至的，夏天眨眼不见了。日本人打进来了，越打越凶，打得苟活着的人愈发麻木，只会苟活着了。

这个秋天，山沟子里却发生了一件奇事。村夫们都在地头忙农收呢，山路上却摇摇晃晃走来三个陌生的女人。汉子们纷纷放下手中的农活，三三两两站在田地里驻足远望。女人们则像兔子一样警觉，竖起耳朵，瞪大了眼睛。待那三个女人走到眼前，众人才发现，竟是三个毛子。她们眼睛是灰蓝的，鼻子高高的，头发是棕黄色的，干枯得像被秋霜打过的茅草一样。她们身上穿的倒是中国女人的衣服，却也破破烂烂的。平日里游手好闲的光棍铁娃从屋子里出来，瞧见了她们仨，兴奋地拍着手大喊："这不是安娜姑娘嘛！"铁娃手里只要有一点钱，饭都顾不上吃饱，定要去城里的窑子逛上一逛。他迎上前去，想要摸那唤作安娜的毛子姑娘一把，那丫头却"轰"的一声，就那么直挺挺地在他眼前倒下了。另两个女人相互搀扶着，嘴唇枯裂发白，风一吹就也要倒了。村子里的人对毛子哪里有什么好印象，可拿这几个弱女子也没有什么办法。富海和桂英嘟囔了几句什么话，桂英闷声不语，片刻后又点了点头。一会儿，哑巴哥儿便过来领着三个俄国女人，回家去了。

没过两天，那两个嘴唇发白的女人饭也吃不进，水也喝不下，先后死了。安娜倒是慢慢缓了过来，她会说一些半生不熟的中国话，富海这才听明白，三个女人都是被俄国男人卖到中国来当妓女的。日本鬼子杀进了城，到妓院里对妓女们日夜轮奸，一个女人一晚上要受十几个日本兵的蹂躏，稍有反抗的，日本兵直接拿着步枪，当场就挑死了。

富海和哑巴哥儿把两个死了的女人埋在了一片椴树林子里，安娜又在林子里选了一个有柳树的地方，她指了指其中一个女人，说她叫"伊拉"，中国话就是柳树的意思。另一个女人，安娜也叫不出她的名字来。哑巴哥儿"咕噜咕噜"地边嚷嚷边比画，富海就替他问："你的名字是什么意思呢？"安娜羞了羞，扯了扯桂英给她的衣裳领子。"安娜，妈妈说，是仁慈。仁慈就是安娜。"

仁慈就是安娜。哑巴哥儿反复琢磨着这句话，每晚只抱着这句话才能睡着了。

一家人倒都喜欢安娜。安娜和文秀差不多大,骨架子比文秀稍微大一点。文秀还有几件旧衣裳,桂英从箱子底通通翻出来,硬是要拿给安娜穿。她看着安娜穿上这些衣裳,文秀便在她眼前晃来晃去了。

人只要活着,就能幻化出新的念想、新的希望、新的生机。这年冬天,谁也不承想,安娜竟然怀孕了。

孩子是哑巴哥儿的。哑巴哥儿四十大几岁了,一辈子没碰过女人。哑巴哥儿喜欢安娜,那真是喜欢到心尖尖上了。冬天了,几场暴风雪后,大雁、野鸭和各种长着美丽羽毛的小鸟全都消失不见了,只有一些麻雀和喜鹊还在挂满了枯叶的柞树上跳来跳去。安娜喜欢鸟,喜欢它们甜美而柔和的欢鸣。没有人告诉哑巴哥儿这些,他只日日目不转睛地盯着安娜看,看她总是趴在窗台上看小鸟,他就知道了。

哑巴哥儿要去捕鸟,还不能伤着它们,他得让它们唱歌给她听。暴雪过后,是一个初晴的天。大雪压倒的野草地一片又一片。这时夜已经黑了,星星在天空闪烁,微风从四面徐徐吹来,哪里都是风,吹得人心尖痒。哑巴哥儿在中间的一片空地上撒满了谷子,那么多谷子,他自己煮粥的时候都不舍得放那么多呢。一会儿,一只小麻雀就踮着脚尖警惕地跳进了谷子里,它机灵着呢,先是四处张望,迅速啄起一粒,又迅速跳跃了两下,扭着短小的脖子看看四周。见没有危险,它又迅速低头啄上一粒。

这样两三次，它才悠哉了起来，缓缓吃食呢。趴在哑巴哥儿身后的文荣急了性子，用手指捅了捅哑巴哥儿，他憨憨笑着，黝黑的脸上开出了一朵黑莲花。他竖起一根手指挡在嘴巴上，示意文荣不要闹出声响，不着急。果然，不几秒钟，五六只麻雀全都飞来啦！它们成群结队的，歪着脖子，一跳一跳地都来吃食了。又一会儿，两只不知名的，像翠鸟一般长满了青绿色亮羽的小鸟也来啦！哑巴哥儿将手里的绳子用力那么一拉，支在稻谷旁边的一张大箩就罩下来了，几只飞鸟闪动着羽翼惊恐地飞走了，箩里还有三只麻雀和两只绿鸟，哑巴哥儿笑得脸上的莲花都盛放啦！

　　哑巴哥儿把这几只鸟养在木头做的笼子里。怀孕的安娜每日都要和这些鸟说说话。桂英笑着说："这生下来的娃，可别落地了先会说鸟话！"哑巴哥儿笑了，富海也跟着笑，桂英也喜欢说话了。桂英也愿意和哑巴哥儿说话了。安娜又把鸟给放走了。哑巴哥儿疑惑着比画着手问安娜，安娜说："它们在笼子里不快乐，我喜欢的是快乐的鸟呀！"

　　又一月，桂英臊红了脸，压着嗓子跟富海说，自己好像有喜了。"我的天哪，"富海抱起桂英的屁股转圈圈，"我都五十岁了，还能当爹啊！"桂英羞得没地儿钻，只拿拳头当炮弹，轰隆隆往富海身上砸。富海笑着笑着就哭了："老来得子，老天爷也算是开了一次眼，待我不薄啊！"

这年的大雪特别多。又是一场暴雪,雪乌压压地从天上落下来,月亮消失了,星星也消失了,雪地泛着光,村子里依旧明亮。桂英和安娜双双挺着肚子挤在炕头说笑着,三个男人在灶台前忙得迷迷糊糊,屋子里昏黄的灯温暖如昼,一家人平静地等待着春天的到来。

喜悦的等待总在弹指之间。转年秋天,安娜要生产了。山沟子里没有产婆,桂英哪里帮得上忙,她的肚子比安娜的还要大。村子里生过最多孩子的老汤婆来帮忙了。一盆盆热水端进来又端出去,一道婴儿响亮的啼哭声从屋里传出来了。哑巴哥儿心里想,只为了这一声啼哭,让他下辈子还当哑巴,他也心甘啊!

众人正喜上眉梢,老汤婆满手是血地跑了出来,大叫道:"不好了!不好了!大出血了!"哪里顾得上什么讳忌,哑巴哥儿和富海都往里冲,安娜已经没有了声响,富海伸出手指靠在安娜的鼻尖。人没了。

老天连个悲伤的缝隙都不肯给。受了刺激的桂英也要生产了。老汤婆脸上还挂着泪,又慌忙要拐进另一个屋子里去接生。富海惊恐地抓着老汤婆的胳膊死死不肯放,老汤婆一张脸早吓得失了神色。还是文荣说:"爹,你快放手,俺娘疼呀!"

桂英生下了一个女儿,母女平安。安娜生的也是个女儿。两个女婴躺在一块红包袱布里,"哇哇"叫唤着。富海看着这一双新的生命，哪里还分得清是悲是喜啊。

哑巴哥儿把安娜埋在了多少年前那只死去的黄狗的坟旁。大黄跟他一起离开了登州。大黄死了。哑巴哥儿给它挖了一个坟，埋在了离家最近的一处山包里。这辈子无私爱过他的人，除了母亲，只有这只黄狗了。他和大黄并无不同，人命、狗命，都是被老天遗弃、轻视的命。他们曾相互依偎。大黄走了，安娜也走了，他生命里的一部分，永远地留在了乌苏里莽林的最深深处。

桂英没有奶水。富海和文荣只能一人抱着一个婴孩，用苞米做成的汤水喂。送到口里，两个孩子齐齐吐出来。可不能不吃啊，只能扒着嘴强行往里灌，灌得咕咚咕咚响。可终究是咽不下去的。到了夜里，两个孩子成宿成宿地叫唤，叫得整个村子都心疼。善良的村民们送来自己也舍不得吃的一碗羊奶、牛奶，她们才不像夜里那样哭叫了。日本兵又来扫荡了，村子里的两只羊和两头牛也被日本人宰杀吃掉了。老汤婆在后山里偷藏了一头母猪，她竟挤出了一碗母猪奶，又救了两个娃娃一天的命啊！全村子的人都在勉强活着，都期盼着这两个娃娃能活下去。活下去，就能跟这个操他娘的世界讨要一点点希望啊！

富海想着给两个孩子起个名字。桂英说："别起了，生下来就是喂狗的东西，为人一场做什么呢？哪儿配有个名字。"桂英自从没了奶水，整个人就变得刁钻古怪了，常常说些没头尾的话。过了几个月,又到了冬天,又是一个暴风雪的夜晚,富海半夜睡起来,看着桂英坐在院门口,大雪呼呼地往她怀里灌,她抱着两个孩子,嘴里喃喃着:"要走了,要找你娘去了啊。"富海吓得把文荣也叫醒了,他们凑上前,只见桂英一手抱着一个孩子。哑巴哥儿的女儿已瘦得只剩薄薄的一层皮包着骨头了,她青白的、小小的胸脯一鼓一鼓的,像一条泥里的鱼一样,猛地喘出了一口粗气,就再也没有声响了。富海这时也一动不动了,泪花在他眼里打转。半晌,桂英突然抽出一只手,掐住自己女儿细小的脖子,她本就只有微微几口气了。桂英死死掐住她,掐出了几道血紫的印。富海惊恐地看着桂英,文荣嘶喊着,两个人却死活扒不开桂英的手。桂英血红的眼珠子就要爆出来了。缓缓地,她松开了手。富海摸了摸自己的女儿,没气了。

桂英却平静得出奇。她站起身子来,径自往大雪里去。这漫天的大雪啊,哪里还有条出路。富海号啕着问:"你这是要去做什么啊?"桂英晃晃悠悠地答:"扔了去啊。扔了喂狗。这辈子没成人,是她们的福气啊,要不然遭多少罪呀?"富海跟了过去,见桂英抱着两个孩子来到了埋葬安娜的土坟前,哑巴哥儿竟也躺在那儿。他见着桂英来了,眼睛迷糊着,也不惊讶。他慢慢地爬起来,用手轻轻扒拉了一下长着蓝眼睛的女儿,又看了看桂英,好像很平静地在问:"没啦?"桂英就说:"没了。"哑巴哥儿点点头,好像死的就是一只鸡,一只麻雀一样。桂英说:"没了好,跟着她娘享福去吧。"哑巴哥儿点点头,又靠着坟土,躺下了。

老人说,夭折的婴孩是不能用土埋的,要抛到荒野里去,才来得及转世托生。可富海哪里忍心将两个女儿暴尸荒野。他在安娜的土坟旁又挖了一道坑,文荣在林子里撕下了两块长长的桦树皮,把两个妹妹包起来,埋上土,埋上雪,干干净净的。文荣去拉哑巴哥儿回家,他不应声,也不动弹。桂英说:"他那样的人,活着都不值当,哪儿配有什么念想呢?"富海长叹一口气:"太伤心了。由他去吧。"文荣便不再坚持,搀扶着桂英,回家去了。

富海说:"想哭就哭出来吧。"

桂英说:"不哭。人死了,哭有什么用呢?"

第二日早,文荣发现桂英不见了。他急得直往外跑,跑到那片椴树林外,远远地,他就听见了一个女人悠远的哭声。那哭声,时而像冬日里的寒风吹过茅草发出的凛冽怒吼,时而又像春日里的山涧穿梭在顽石之间如泣如诉……他一直站在那里,直等到哭声渐渐弱了,等到脚步声一步步向他走来了,他才隐到一棵大桦树后面,隔着遥远的距离,目送母亲回家。

桂英的日子像往常一样过着,只是时不时地消失在那片椴树林子里。这年春天迟迟不到。一个起风的夜里,星星在天空闪烁,风从四面徐徐吹来。富海说:"哪里都是风啊。"

6

一九四五年。村子里进城的人回来，一到山口就开始大声叫嚷："天大的好消息，日本人要投降了！"

城里四处都是炮声，浓烟滚滚，一片火的汪洋。满城都是人。码头、仓库、粮米库，人流压着人流，人都疯了似的，个个挤破了脑袋往前冲。一些人在粮仓里拖出了十几袋大米，男人们卸下了厂房的门窗和玻璃，女人们争抢着几件毛毯和军大衣……日本人逃了，苏联人来了，城里的人都在抢东西。

苏联人说日军、日伪留下的所有财产通通要归苏联接收。老百姓才不听哩。苏联的炮弹就在全城炸开了。那些抢回来几条棉被的男人，一回到家发现自己的房子已被烧得面目全非了；几个女人不顾苏联兵的阻挠往粮仓里冲，两刀就全给劈死了；两个小孩子在店铺里抢糖果，被后面的大人们踩在脚下爬不起来，活活被踩死了……哭泣声、叫喊声、辱骂声……但这些依然阻挡不了抢红了眼的人群。人们突然都变成了出了笼的猛兽，谁也不认识谁了。大火疯狂肆虐着，满城的烟火，没有人去理会，就任那火海汹涌，把这人间全烧干净。

苏联人见着日本人就杀，见了穿着黄色衣服像日本人的也杀。山沟沟下口不远处，有一个日本开拓团。那些日本男人跑的跑、死的死，只剩下十几个女人。一些苏联兵来了，把那些妇女赶到一起，她们惊慌地挤在角落流眼泪，她们被男人们遗弃了。苏联兵把她们轮奸了一遍，又挖了一个坑，全推到里面活埋了。附近几个村子里胆子大些的，到这里捡拾些剩下的物件，富海拉着哑巴哥儿也去了。有人拆开窗上的木头，有人撬起门梁的螺丝，哑巴哥儿在一个屋子里发现了一只奄奄一息的小狗，才两个巴掌那么大，瘦骨嶙峋的，身上一点肉也没有。有汉子大骂了一声"日本狗"，挥着大刀准备一刀砍死它。哑巴哥儿下意识地身子往前护了护，富海跟那男人说："一条命，留下吧。"

日本宣布投降了。富海和桂英商量，回登州去。桂英点点头。哑巴哥儿和文荣收拾着包袱。那只卷着绒毛的小黄狗，跛着一只脚，乖乖跟在后面，一声也不闹腾。

一架架飞机掠空飞过，穿过棉絮一样的云，发出轰鸣的声响。城里，苏联的坦克、装甲车、汽车也轰隆隆的。一些日本兵投降了，一些还在坚持作战，边打边退，他们退到边境这些山沟沟里，逼迫一些男人给他们当苦力。他们将大米、面粉和罐头压在这些苦力身上带走，剩下的东西点了一把大火，全烧了。文荣已经长成一个大小伙子了，这日他出门打探有没有南下的火车，到了傍晚仍迟迟没有回来。桂英的眼已经混浊到看不见人影了，她倚在门口石墙上，死死地向远处张望。富海劝慰她别着急，说着却拉上哑巴哥儿一起出门寻去了。

爷仨,一去便没回来。桂英生生在院门外站了一宿。第二日,有村民路过,跟桂英说,见着富海、哑巴哥儿和文荣都被日本人抓去当苦力了。他笑着和桂英说:"莫担心,日本人现在都忙着逃命呢,村子里的人都说,他们不仅不杀苦力,还能顺回来好多好东西哩!"

又过了三天。桂英这样一分一分数着过了三天。小黄狗蹲在她脚边,也安静地摇着尾巴跟着数。富海牵着文荣回来了。

那日傍晚,文荣自老乡那里打探清楚了回登州的办法,回来的路上,被一伙日本人给劫住了。富海和哑巴哥儿来寻他,远远见着了。三个人都被迫去做了苦力。日本兵在林子里遇到了苏联兵,交起火来,全被杀死了。一共二十六个中国苦力,没人会说俄国话,苏联兵让他们跪成一排,一枪一个,"砰砰"都枪毙了。眼见下一个就要到文荣了。哑巴哥儿突然吹出了一个含混不清的口哨,富海马上就听懂了。他们不能活活等死。哑巴哥儿站起来就开始跑,富海和文荣也跑,后面几个跪着的年轻人,也都站起来,舍了命地跑,像四散的兔子,朝四面八方逃去了。可胳膊和手都绑着绳子呢,能跑多远。哑巴哥儿熟悉这片老林,他隐到了一棵大桦树下,富海和文荣分别躲到了两棵椴树后。几个苏联兵端着枪,拿着刀,越逼越近了。他们正朝文荣藏身的那棵椴树走去。富海的脚尖扭动着,挣扎着,他准备往外跑,引开这些兵,他这样扭曲了一会儿,却又一动不动了。忽地,他蹲下了身子,从地上抓起一块石头,砸上了哑巴哥儿躲藏着的那棵桦树。一只鸟飞了过去,一片树叶落了下来。就那么一瞬间,哑巴哥儿怔住了。又过了一瞬,他意识到,他可以上前去搏一把的,至少可以豁出一具身子遮挡住文荣。哑巴哥儿反应过来了,他疯了一样哇哇大喊,疯了一样哇哇大叫,疯了一样地朝另一个方向跑去了。苏联兵疯了一样跟在他身后跑。哑巴哥儿被捉住了。两个苏联兵拎着他,像拎一只苍老的野兔。

苏联兵找到了两棵树。他们把两棵树梢拢在一起,用绳子把哑巴哥儿吊在树梢上。哑巴哥儿被吊上去了。这时苏联兵的手一松,两棵树就绷开了。像五马分尸一样,哑巴哥儿给活活扯成两半了。

哑巴哥儿被吊在树梢上,他费力地仰着脸,看着天。天上瓦蓝瓦蓝的,有那么几朵云。和登州的海是一样的。不知怎么的,他想起五岁那年,娘抓着他的手,呻吟着:"不要怕,不要恨,要靠自己,跟这个世界讨要一点活法。"娘说着说着,手就掉下去了。一旁站着的是富海的娘。富海娘扯着他的手,卷着一股股寒风,就走到漫天大雪里去了。

哑巴哥儿的娘是个暗娼,被富海的爹看上了,有了身孕,富海的爹却消失不见了。说来,那也是他自己的爹呢。他是个哑巴,从来没能唤他一声"爹"呀。他其实生下来不是个哑巴的。他三岁那年发了高烧,娘抱着他一家一家医馆求,一家一家药房跪,没人肯医治他呀。他就成了哑巴。娘也要病死了,托人找来了富海的娘,富海娘心好,娘要托孤呀!

哑巴哥儿被吊在树梢上,他费力地仰着脸,看着天。天上瓦蓝瓦蓝的,有那么几朵云。和登州的海是一样的。他幻想着。他早早起好了锚。人一齐,他掉船就走。海上飞过几只银白的海鸥,海风从四面徐徐吹来,哪里都是风,吹得人心尖尖发痒。文秀梳着两个乌溜的大辫子,回头冲他笑呢。他看着文秀的笑,脸上就涌动出一股暖暖的血流。哑巴哥儿冲着文秀喊:"不要怕,不要恨,咱们回家去喽!"

他在纷纷落叶之间仰起面庞,看不清是一只山鹰还是一只海鸥飞过。他微笑着。

命运之鸟飞了过去,一片树叶落了下来。

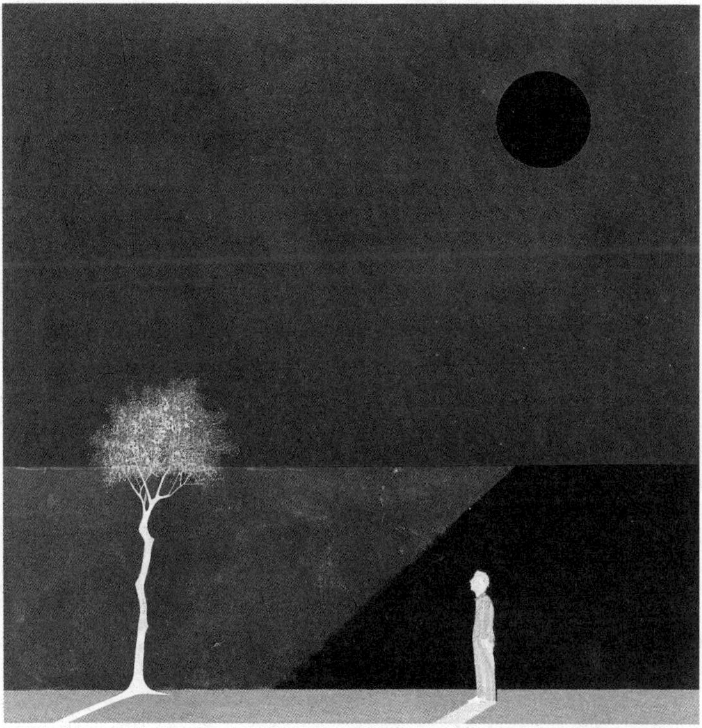

Lifelong
Love

余
生
之
恋

———

人生无物比多情
江水不深山不重

《木兰花·和孙公素别安陆》
张先

男女之间,恩义太重了,就升腾出牵挂、纠缠、依恋来,等这些暧昧不清的情感混淆在一起,爱就无从分辨了。

贰 余生之恋

I

抗日战争胜利的这年秋天，登州空气里桂花香的味道格外浓郁了些，风又很浩荡，吹得满城暗香浮动。一支空军部队从南京调来登州天鹅湖附近的一座空军基地，一水儿的年轻小伙子，个个穿着一身笔挺的美式军装，走在路上，处处招人眼。人们渴望闻到这股桂花香混杂着青春欲望的味道，它替记忆短暂地掩盖住了战争的血腥。

这支部队刚从美国受训回来，颇受重视，重庆《双十协定》签订后，国民政府要在登州建设空军学校，上头便把他们派过来。这些年轻的士兵投胎投得好，赶上了历史的缝隙，战争打得最惨烈的时候他们被送去美国训练，等他们学成归来，都悲壮地做好了以身殉国的准备，日本人却投降了。他们被一批批派往各个省市去支援各地空军学校的建设，工作实在轻松得很。战后一片灰烬，他们走到哪儿都是亮眼的风景。这些年轻风流的灵魂哪里受得住寂寞，一个个大男人倒成了花蝴蝶似的，一有闲暇便打扮得花里胡哨，处处留情，身边从不缺漂亮女伴。

来登州的十几个年轻空军，除了大队长卢江海已有家室外，剩下的都是单身。可卢江海并不满意自己那桩被父母包办的婚姻，他到登州后不久，便与登州女子师范学院的一名女学生相识，二人迅速坠入爱河，难舍难分。这日登州女子师范学院要举办迎新晚会，卢江海的女友是负责人之一，他便叫上了三五个好兄弟一同来凑热闹，陈余生也被拉了过来。卢江海格外看重他。几年前一次野外训练，他们齐齐滚到了一纵深沟里，卢江海两条腿被山石砸得血肉模糊，陈余生自己也跛着一条伤腿，愣是背了他一整宿，把他背回了营地抢救。卢江海自此把他当过命的兄弟。陈余生为人耿直，做事本分，在一众新兵蛋子里颇为耀眼，奈何他性子实在是太沉闷了些，半天憋不出一个屁来，大家都嘲笑他白生了一副好皮囊，他们人人都有一两个女伴，独独陈余生，形单影只，几年下来，依旧是光棍一条。

日落以后，月亮像一张淡淡的年画，贴在夜的脸上。学校操场中央搭建起了一个临时的舞台，一帘酒红色的丝绒幕布像天上那条银河淌下来似的，几十盏橘黄色的灯点缀其上，与天上繁星争辉。几个女学生手挽着手笑意吟吟地从幕布前走过，优雅得如几只仰着粉白脖颈的白天鹅；又一会儿，一群拖着五颜六色裙摆的女学生上台彩排节目，她们扭来扭去，又唱又跳的，那歌舞是青春不问时事的心，只由着快乐的天性。她们叽叽喳喳地打闹成一团，忽地不知谁推搡了谁一下，不小心晃掉了一盏灯，那灯是一盏盏穿在电线上的,一盏连着一盏,噼里啪啦一声声脆响,连着碎了六七盏,这才消停下来。女学生们面面相觑,一口气都提到了嗓子眼里,刚还吵成一团的喧嚣声渐渐消隐得无影无踪。负责布置的两个年长些的师姐恼怒了,大声呵斥,问是谁推的。她们低头怯怯望着彼此,寂静了好一阵,这时一个穿着白衬衣湖蓝色短裙的女学生从后面挤了出来,轻声说:"是我不小心撞到的。"一位绾着蓬云样时髦发髻的师姐和气地冲她说:"你人在最后头,怎么能是你撞坏的?"那女学生只低着头,不肯再言说。另一位扎着长辫子的师姐冷笑道:"胡蕙心,既是你碰坏的,你便是要赔的。"人群里又一阵窃窃私语。这个叫胡蕙心的女学生慢慢抬起头,她眸子里滚着泪珠,却不肯让它掉出来,刻意把脸仰得老高,仍是轻声说:"知道了。"

陈余生坐在远处的看台上看着,他分明看清了是另两个女同学在推搡,出了事情,她们却把戴着招摇发饰的头颅全缩进了长领舞裙里。他不禁仔细打量起胡蕙心,她个子小小的,约莫只能到他胸膛,落在一众桃红李艳里,身材并不算出挑。一张白净的脸,只有青春自带的淡淡红晕,瞳仁却是清澈见底,能映出人影来。她抿着齐颈短发,乌亮亮的浓发上一样首饰也没有,只耳鬓别了一枝初放的柠黄色桂花。月色淡淡的,衬得她别有一番朦胧脱俗的美。在这青春的戏台上,要么就是轰轰烈烈的热闹,要么就是寂寞里的寂寞。卢江海正挽着女友与一群女学生打得火热,其余几个小空军也个个都寻到了自己的女伴，那么热闹的情谊把这秋天的夜晚渲染得春光无限，唯独陈余生孤孤地坐在角落里。他并不是渴望热闹的人，可见到胡蕙心的那一刻，他却第一次清晰地感受到，孤独，是多么凶狠的角色。他只能目不转睛地盯着胡蕙心看，看她被拉到一边挨训，看她一个人坐在草地上发呆，看她抬起葱白的手将湖蓝裙子上的一棵棵青草拈下，看她又上了台和那群女学生舞在一起，看她挂满了笑欢喜雀跃地踮着脚尖跳下舞台……他要她把他的眼睛和孤独都填满。这一整晚，陈余生别的什么也看不见，满眼都是胡蕙心的身影。

陈余生动了情。他回去折腾了一晚上，翻来覆去睡不着，半夜把卢江海摇起来陪他说话。卢江海紧绷着一张愠怒的老虎脸。"你这是铁树开花，和尚动情，要人命嘛！"说着便倒头继续睡了。陈余生坐在一旁细想这句话，他总觉得自己是个无趣寡情的人。可不风流的人，不动情则已，一旦动起情来，命数就不是自己的了。爱情犹如死亡，它真的来了，你毫无办法。他这样反复想着，下定了决心，又轻轻摇了摇卢江海的肩膀，没有摇醒。他便伸出手狠狠地扇了卢江海两个耳光。卢江海被扇蒙了，他瞪着一对爆红的眼珠，凶狠地问："你他妈疯了吗？还有没有王法了？"陈余生怔怔地说："大队长，我以前是从不敢相信一见钟情的。但我想通了，我喜欢她。你起来带我去见她吧？"卢江海半梦半醒的，听着陈余生说这些话，反倒自己也怔怔然了。他摸了摸陈余生的额头，又掐了掐自己的脸，疼！卢江海忽地大笑了起来："疯了！真是疯了！"

第二天月亮还在天边脚，卢江海到底被陈余生拖着起来了。二人到了登州女子师范学院的大门口，等天亮了，卢江海才托人把他女朋友唤了出来，说明了前因后果，那女学生捂着肚子笑得直不起身子来。陈余生羞怯地赔笑，却并不言语。好一会儿，陈余生见着几个女生从校园那棵银杏树下走了出来，胡蕙心被簇拥在中间，她还是穿着昨晚那件白衬衣和湖蓝色的裙子。阳光照耀下，白衬衣闪着夺目的光，更迷人了。

胡蕙心远远看见门口站着的年轻男子。他长腿细腰，站姿挺拔，一具匀称的胴体，宽厚的胸膛上，两块胸肌结实地隆起。他也穿着一件白衬衣，一条橄榄绿的长裤，蹬着一双锃亮的黑皮鞋。他仰面昂首，正目不转睛地盯着她看。两人相隔还有十余米，她便感受到一簇簇火苗往她身上烧，那滚烫的眼神，那炽热的喘息，那一副目中无人的痴态，他要化了天地似的。胡蕙心以前哪里晓得，有一种爱，是以弥散在空气中的方式在传播。胡蕙心昨晚就感受到他的目光了。他燃烧了她整整一个桂花飘香的夜晚。

他们相爱了。

2

从空军基地到学校，一路要经过十几个大大小小的村庄。陈余生偶尔会骑着上头分配给队里的新式摩托车来，大多时候，他要走两个多小时的山路。几个恋爱经验丰富的小空军见着陈余生陷入爱河后的这副痴样，难免揶揄他几句。可纯粹的恋爱奔涌在血气方刚的身体里，流淌着的全是无惧无畏的精神。这日日两个多小时的路，处处都是挑逗心弦的风景，哪里有半分辛苦。

陈余生身上没什么钱，也没有特别浪漫的去处。每日傍晚，他早早到学校门口等胡蕙心，等她下了课，他便带她到学校周围那些普通的餐馆里吃几个包子，两碗面条，或是要一大盘饺子。他们吃饺子，吃到最后几个，他喂她吃一个，她再喂他吃一个，剩最后一个了，俩人你盯着我，我盯着你，有时就忽地双双拿起筷子争抢起来，两个人笑得脸上都流了蜜，有时却又你不动我不动的，你推到我面前，我推回你面前，饺子最后被捅破了皮，一个人才羞红着脸把它吞到肚子里。他们哪里是吃饺子，活活就是想生吞了对方。

吃完了饭，天就黑下来了。黑漆漆的，两个人反而将放肆都收拢了起来，一个比一个羞怯，一个比一个小心。清风朗月的夜里，陈余生在前面慢慢走，胡蕙心一步一个脚印地在他身后跟。他们就这样走。大多时候很安静。有时月亮很高，她就去踩他的影子，踩得自己咯咯笑。陈余生转过头来看她笑，笑得他眼睛都潮湿了。他们走过一个村庄，陈余生停下来，转身告诉她这个叫长寿村，村子里有一对夫妻，都活过百岁了，他们总是在日落时手扯着手坐在村头的这棵老杨树下；一会儿又到了另一个村庄，陈余生说这个村子地底下有温泉水，一大早天刚亮的时候，来泡温泉水的男人最多。胡蕙心不由得问一句："那女人呢？"问完便觉不妥，一朵绯云便爬上眉角了。陈余生想到了些什么，脸涨得通红，手指在衣襟捻来捻去，转过身去继续走路了；临近基地，陈余生说这是天鹅村，天鹅村靠着天鹅湖，每年到了冬天，会有成千上万只天鹅成群结队地从西伯利亚来此栖息越冬。胡蕙心淡淡地说："天鹅是这世界上最忠诚的伴侣，两只相爱的天鹅，一辈子都不会分离，如果其中一只死去了，另一只就会独自活下去，直至死亡。"陈余生咧嘴笑笑："你若是走了，我必定不会再娶。"恼得胡蕙心伸手便作势要打他。陈余生的甜蜜是流淌在血液里的。他喜欢这些古老的北方村庄，每一个村子里都藏着一个胡蕙心的影子，藏着一个他对未来生活的美好想象。他们就这样你送我，我又送你，一段长长的路又被拉扯出了好几倍的漫长，一段短短的时光却雕刻出了几生几世的心意。

这天夜里，月亮极大，又亮，悬在空中，屋顶的茅草、泥路里的石子、绵延的槐树叶子，全都闪烁着片片银光。几户人家纸糊的窗口里摇曳着昏黄的剪影，点缀在这一片清辉之中。风时而微微的，时而又有些呼啸，路旁青绿的狗尾巴草、淡紫的狼尾巴草轻轻摇晃。万籁俱寂，偶尔听见嘶嘶风动树叶的轻响和秋虫啾啾的鸣声。陈余生停下脚步，他屏住呼吸，细细感受这一切。他曾去美国受训过，见过摩登城市里青年男女交往的奢华，也被带去金粉气派的六朝古都南京领教过上流社会的情感交际，但那些从未让他有过片刻心动。可是这一刻，就是这样一个古朴的、静谧的时刻，他想到了自己童年的夜晚，也是这样一座老屋，一盏昏黄的灯，母亲在等父亲归来，他懵懂却快乐地坐在母亲腿上。一些遥远的被掩藏的回忆再一次活生生地涌到他眼前。他激动地、小心翼翼地拉起胡蕙心的手，他就只是痴痴地望着她，她也一言不语地望着他。两个人的眼睛里全是彼此，没有寸步之地可以安放多余的世界。他们就这样手牵着手，走在高高的月，卷动的风和满是狗尾草的乡间小路上。

陈余生在写给胡蕙心的信里说："父亲参军打日本人，一发手榴弹，把自己和敌人一同炸死了。我一心要替父报仇，报名参了军，母亲没说什么，却一病不起了。只因母亲故去的时候是秋天，正是她在院子里栽的那棵桂树开得最浓的时候，从此我每闻见桂花出香，都觉得是母亲回来了。我初见你的第一眼，见你不施粉黛，却戴了一枝新开的桂花，心就动了。这些日子相处下来，我愈发坚定，你就是我命定里的那个人。不知你可愿与我白头到老，相伴余生。"

胡蕙心在回信里写："我的父母在打仗逃难的路上先后病死了。人人都在逃难。我的养父心善，于心不忍，把我从死了的母亲怀里抱了出来。养父待我温善，却常年在外工作，养母性情火暴，又有四个孩子，全靠她一个女人拉扯，日子艰难，她也实在没有精力顾及我。我是从不敢奢望有人全心全意爱我的。我生活里的温暖，都是角角落落里的温暖，是旁人遗弃的那一点。你这样爱我，是我生命的荒原里唯一一盏灯火。"

爱得正盛的人，心疼起对方来都是排山倒海的。这日上午，登州女子师范学院的上空传来嗡嗡的轰鸣声，一圈一圈，越逼越近。操场正中央那棵银杏树的金色叶子被一阵阵狂风卷得漫天起舞，一些女学生再也按捺不住了，成群结伴地跑出来看，只见一架大飞机盘旋在银杏树的上空，宛若一只铁皮样的鸿鹄。女学生们捂着嘴叫着，欢笑着，指指点点跑来跑去，胡蕙心穿着一身素白也从教室走了出来，她看见陈余生开着飞机，冲她大力地招手，朝阳的余光铺在他挺拔的侧脸上，晕染出神明一样的灿烂轮廓。他开着飞机一下子俯冲了下来，吓得几个女学生尖叫呼喊，纷纷伸下手护住了扬起的裙摆。胡蕙心瞪着一双清澈的眼睛期待又茫然地看着，光穿透了她，她像要在空气里溶解了似的。短发在她颈后齐齐飘荡起来，陈余生从飞机上抛下一个纸包的袋子，成千上万朵金黄色的桂花在空中漫天漫地地撒下来。尖叫声、欢呼声、口哨声，学校里乱成一团。胡蕙心一动不动地站着，她仰起脸，闭上眼睛。人一旦叫感情遮住了眼，便什么都看不见了。她只感受到几朵小小的桂花细细地落在她脸上。起风了。

陈余生被记了大过，连带着大队长卢江海也被牵连受罚。卢江海怎么也料想不到陈余生能如此轻狂越矩，气得骂了他两天一夜，直骂到唾沫飞溅，嘴巴都干了皮。陈余生立定认罪，身板挺得板直，他傻傻赔笑着，心里想的全是胡蕙心落满桂花的清秀脸庞。卢江海连着摆了几日脸色，不怎么搭理他。等卢江海气消了，陈余生抱着两坛白酒，讪讪地跑到卢江海眼前："大队长，我是要讨蕙心做媳妇，还得请你给我做主。"卢江海恼也恼过，骂也骂过，心底自然是为他高兴的，只问他："钱财够不够，将来做何打算？"陈余生一一回应了，说："这些年攒下了些积蓄，蕙心也不是贪图富贵的人。我又是孤儿，没有牵挂，战事也打完了，以后就打算留在登州。"卢江海便笑着伸出一只脚踹了陈余生屁股一脚，说："浑小子，倒是你先捡了大便宜。明年等蕙心毕了业，我来联系公家给你分配一个木板空房，你们先结婚住着，日后就看你自己的造化了。"陈余生喜得直挠头，又冲过来抱着大队长好一番兄弟亲昵。

第二年春末夏初，陈余生拎着大礼去见胡蕙心的养父母，表明心意，二老都欢喜，一家子认真准备起来，仔细操办这场婚事。

可婚礼还没举行，猛然间国共内战便爆发了。登州所有的空军飞行员都要被调往东北去支援，暴风骤雨之中，人心惶惶，哪里都是一片忧恐惊惧。

临走的那天夜里，已经过了子时，胡蕙心听到敲院门的声响，她立即披一件青绿色长衫跑出来，见陈余生穿着一身军衣，头发乱如蓬草，两只眼睛里全是血丝。他匆匆咽了咽口水，喘息间声音已有些嘶哑，他捉着胡蕙心的手，急切地讲："我是偷跑出来的，只能说几句话。蕙心，你等我三年，三年后我若是没回来，我应该就是走了我爹的老路了。你不必再等我，是我对不住你了。"胡蕙心眼泪一圈一圈地往外涌："我等你，我等一辈子。可你必须答应我，你要活着回来。你若是死了，我就等你的尸首，若是你连尸首也回不来，你留一件衣裳给我，我死了，和它埋在一起，就当与你合葬了。"陈余生再也忍不住，一把抱过胡蕙心，整个头颅埋在她的肩颈里放声哭泣，不多时，他又直起身子，擦了擦泪水，脱下了上衣，交到胡蕙心手里。胡蕙心定了定神，做出一副平静的仪态，只轻声说了句："去吧，我等你。"陈余生怔住了。他又看了她一眼，痴痴地点了点头，折身去了。

3

许多人命运的破碎都是毫无征兆的。卢江海和陈余生他们这一去便杳无音信。起初胡蕙心还常常去找卢江海谈的那位女学生打探消息,不过两个月,那女生竟严肃地与胡蕙心说,不要再来找她,她已经开始新的恋爱了,又劝她尽早放手,上了战场的人,非死即伤,泰半是没有什么好结果的。胡蕙心便连个商量的人也没有了。她日日等,夜夜等,一双清亮的眼都要化作望夫石了,却等来一件惊天的事——她的肚子越来越大了。

胡蕙心的养母先觉察出了异样,她逼问胡蕙心是不是与那小子做了苟且事。胡蕙心想起那个月挂中天的夜晚,脸涨得紫红。养母气得摔盆砸碗,闹得凶狠,暗地里四下打探将胎儿流去的土方法。胡蕙心失魂落魄了几个日夜,等她缓过神来,却愈发坚定起来,她得生下这个孩子。这是老天爷的旨意,万一陈余生真有个什么三长两短,她也算是为他留了个后。母女俩彻底撕破了脸。好在养母家的女儿,胡蕙心异父异母的妹妹胡蕙兰这时已成了家,她丈夫是国民政府的官员,常年出差在外,她自小与这个姐姐关系亲厚,提出让胡蕙心到她家暂且住下,这段鸡飞狗跳的日子才稍稍有了喘息。

胡蕙心生下一个六斤多的小子,模样正挺,鲜少哭闹,一生下来就通灵性似的，十分招人喜爱。胡蕙心给他取名为陈琪珍。琪珍两岁时，一夜突发高烧，接连十余日不退，忽而清醒，忽而糊涂，胡蕙心吓得简直要发了疯。胡蕙兰四处寻医生，也不见好结果。这天夜里，胡蕙心一边拿蘸着温水的抹布给琪珍擦拭身体，一边自己偷偷抹着眼泪，这时门外传来急促的敲门声。胡蕙兰去开门，见门外站着一个身形挺拔、皮肤黝黑的汉子，他也不多讲究，疾步走进里屋，看见了坐在床边的胡蕙心，不禁喉咙一热，失声喊道："蕙心！"胡蕙心抬起苍白的脸，激动地"嗖"一下站起了身，仔细看了好几眼，才大叫了一声："大队长！"胡蕙心一直是跟着陈余生这样喊卢江海的。卢江海走上前，扶着胡蕙心的胳膊，二人相互搀扶对望着，各种滋味涌上心头，物是人非，怎能不一番伤心感慨。

待二人都冷静了下来，卢江海才将这两年多的境遇一一铺陈开来。原是他带着一支大队先到了沈阳，不久国民军失势，他们又迁到华北，到了华北，陈余生和另外几个空军飞行员就被重新分到了另一支队。两人在天津见过一面后，从此便失去了联系，他多番打听，有人说在徐州见过陈余生，也有人说在济南见过他一面，再后来便了无踪迹了。胡蕙心问他："战事还未结束，为何大队长却可以回来？余生是否有机会回来？"卢江海低下头，颤巍巍地说："我是主动投诚了。我母亲说，中国人不打中国人。"胡蕙心便未再追问什么。这样的历史动荡，这样的十字路口，这样的一些小人物，哪里真的能看清什么是非对错呢，不过都是各自依着各自的心，走一步算一步罢了。卢江海说天津一别之时，二人曾相互拜托，若谁先得了自由，务必回登州报信。他此番路过，多方打听，才知他的恋人已嫁作他人妇，他想着来见胡蕙心一面，便要回部队里去了。琪珍这时忽地发出"嘶嘶"的孱弱哭泣声，二人这才从恍惚中清醒过来。胡蕙心一悲一啼地说了琪珍的状况，忧恐他命不久矣。卢江海端望着孩子，沉思片刻，郑重地说："蕙心，我是行医世家出身，祖父与父亲都是浙江当地闻名的儿科圣手，你若是信得过我，我把孩子带走。我一定尽我所能治好他、养好他。你一个女人，带着这么一个孩子，终究不是个办法。假若将来余生回来了，我再送回来，还给你们。"

一个母亲哪里能听得了骨肉分离的话，一腔的伤心悲愤一下子要天崩地裂似的，整个人瘫软在地上呼号不止。她一会儿扯着嗓子喊陈余生的名字，一会儿又喊着陈琪珍的乳名。胡蕙兰与卢江海见了，各自拭泪。好一会儿，胡蕙兰上前来扶起胡蕙心，替她下了决心般，转过身去与卢江海说："大队长，这孩子就拜托你了。"卢江海点点头，又去望胡蕙心，胡蕙心闭着眼睛，也缓缓地点了点头。第二日早，卢江海便抱着陈琪珍去了。

4

　　陈余生十年来音信全无。起初卢江海常寄信给胡蕙心，一是向她告禀琪珍的病愈情况，免她忧心，其间也多有劝她向前看的意思，不该为一个生死不明的人困住一辈子。琪珍多病难缠，在卢家治了几年，总算得以痊愈，卢江海与发妻只有两个女儿，数年来再未有所出，一家人待琪珍如亲生一般。胡蕙心看得明白，又恰逢养父、胡蕙兰接连遭遇风波，她自身尚没有安身之所，只能修书一封给卢江海，回信说，承蒙不弃，自此琪珍就托付给卢江海了。那时新中国刚成立不久，国共双方尚有斗争，陈余生又不知去向，卢江海既是私心，也是忧心琪珍生父的身份对他成长有所影响，在得到胡蕙心点头同意后，便将陈琪珍改姓为卢琪珍。

　　胡蕙兰在国民政府任职的丈夫于一九四九年随国民党撤离大陆，偷渡至台湾，把她一个人留在登州，毫无交代。她大受刺激，常常做出一些半夜离家出走或是到新政府门口闹事的出格举动来，加之胡蕙心的养父也在旧政府里谋过差，一家人整日过得忧心忡忡，全家索性避到了祖辈留下的几间农村老宅躲生活。其间养母患疾离世，三个弟弟先后成家回到城里奋苦谋生，养父又染了肺病，一家子人七零八落的，最后竟只剩胡蕙心带着妹妹胡蕙兰伺候床前，养蚕、种地、放牛，日子把她逼迫得连儿子都顾不得念想了，只能先麻木苟且地活下去。

养父的病一日重过一日，胡蕙心只得去请大夫上门。她请不起城里正经医院的医生，四下打听，听闻邻村有一个颇有名的赤脚医生，便匆匆忙忙去请了。这日下午，日头依傍在山腰，伸手就能够得着。远处麦田一片连着一片，新鲜的麦苗被温煦的日光铺上一层朦胧，恰如一卷卷春意欲滴的地毯。路旁一棵棵新柳，树落碧绿出嫩黄，那青翠的希望更绵延不尽似的。胡蕙心穿着一件略有些泛旧的青草绿针织开衫，里面衬着一件杏黄色的底衣，配着一条珍珠白的长裙，这些都还是她当学生时攒下的衣服。她走在这盎然的春色里，大夫毕文荣穿一身水洗蓝的长褂长裤，褂子洗得都有些褪了色，却板板正正、干干净净的，一丝褶皱也没有。他个子不高，又有些消瘦，跟在她身后，倒像她的影子似的。他们就这样缓缓走着，两个人都沉默得有些局促。

毕文荣便隔三岔五地前来看诊。头几次，他还象征性地收点诊费，后来竟坚决不肯再拿钱了。村子里的女人们最擅长编派，几个风骚一些的，路上总能逮住毕文荣，癫笑着问他什么时候有空，也去给她们免费治治。毕文荣三十好几岁的人了，却从没近过女人的身，童子似的，脸羞得像挂了彩，只会闷头往前走。这些话不多久便也传到了胡蕙心眼前，胡蕙心是从情爱里蹚过生死的人，哪里看不出毕文荣的心思。可她的一颗心早就挂在天上了，摘下来送给他，也是一颗死心了。她便不再请他来，他来了，她便摆出一副难堪的脸色。毕文荣面对女人毫无经验,只当是她看不起他,几次讪讪的,便知不必再自讨没趣,再也没有上门了。

倒是胡蕙心的养父,这日把她叫到跟前,语气极诚恳:"爹日子不多了,文荣是个好孩子,有门吃饭的好手艺,待你又仔细。爹走了,总得有个人照顾你。你的心事,也是时候放下了。"胡蕙心的日子过得像一块荒弃了的盐碱地,早就斑斑皱皱,寸草不生了,忽地有人跟她说这么些体己话,她反倒受不住了。她伏在养父身上大声抽泣:"这世上除了你,再也没人对我好了,爹你不能就这么丢下我啊!"父女二人悲泣了好一阵,天黑了,胡蕙心忍住悲伤,又得为一顿饭操心了。

这天夜里,胡蕙心与妹妹早早地脱衣睡下,半夜却又被养父嘶鸣般的咳声给惊醒了。她进了里屋,只见养父脸涨得紫黑一团,像一块大石压到了他胸口。他两只手扯着衣襟,脖颈前倾着,咳得像要把整颗肺子都吐出来,一口气便要过去了似的。胡蕙心吓得慌了神,叮嘱胡蕙兰照看着父亲,自己匆匆穿上鞋就往外跑。她跑到毕文荣家门口,喘得上气不接下气。毕文荣顾不得寒暄,紧忙带着药包与胡蕙心一路往回奔。到了屋里,胡蕙心的养父脖子硬挺着,已经一动不动了。胡蕙兰以为父亲已经死了,只在一旁号啕地哭。毕文荣上前先把胡蕙兰扶到一旁,又好一阵忙活,忽地,他竟俯下身子,将嘴巴贴到了老人紫白的嘴巴上,他大力吮吸了一口,往盆里吐出了一大口黄白的浓痰,又迅疾把嘴巴贴了回去，他大力地一口一口吸着，吸出好大一摊痰液。不一会儿，胡蕙心的养父喉咙里竟又呜呜咽咽地发出了声响。人救回来了。胡蕙兰在一旁又喜又泣，紧紧攥着毕文荣的衣角，欢蹦乱跳地问："你是怎么做到的？"毕文荣憨憨一笑："我父亲常说，人活着，就要在不可能里相信一点可能。"

胡蕙心定睛看着眼前这个男人，端望着这一切，她内心一些很遥远的东西似乎又摇摇晃晃地回来，模模糊糊地向她招手了。她隐隐感受到了一些活着的动人的瞬间，好比飞鸟之于苍穹，春雨之于河塘，日落之于群山，没有这些动人的瞬间，人生一味永恒、辽阔又有什么意趣呢？人活着就需要相信、需要羁绊、需要亏欠、需要抚慰。否则人是为了什么活着呢？她已经闹不清自己在乱七八糟地想些什么了。可这一夜之后，她对文荣的笑便不一样了。文荣又日日揣着一分心意来胡家看病问诊了。

毕文荣平生第一次感受到这样的幸福。那是太阳照在骨头里，把骨髓都化成了酥的滋味。他想起三十多年前，他尚是幼童，随父母、姐姐和哑巴哥儿从海上走，逃难去闯关东，经历了多少辛酸苦痛；日本投降那一年，他又随父母启程往回走，走到大连，父亲却一病不起了，一家人只得在大连又困居三年。好在他们寄居的房东是位大夫，见文荣眼明手利，又识字，便招他做学徒。文荣肯吃苦，也懂事，不多久就能顶得上一个好帮手了，房东不但免了他们一家三口的房租钱，心下更是有意招揽他做个入赘的女婿。可文荣父亲的身体刚有了些好转，便执意要返回登州，落叶归根。一九四九年秋，他们回到了阔别二十余载的故乡，又别是一番光景了。

文荣的父亲，年少时曾考过登州的秀才，也是风光过的，但世事历尽，如今整日活得就像野火掠过玉米地后烧尽了的余灰，风一吹，整个人空荡荡的，什么都不剩了。倒是母亲，好似蒲公英的种子，风一吹，落在哪儿就能在哪儿重新活。打不死的。

故乡早就什么都不剩了，只留下了一处破破烂烂的房子，风吹雨打了这么些年，早就处处残垣断壁了。一家子费了好大的力气粗粗做了修缮，勉强倒是可以落脚做个窝。好在毕文荣有一门治病救人的好手艺，他在村子里做起了赤脚医生，几年下来，日子倒渐渐有了些起色，一家人终于不必再过那些整日提心吊胆、颠沛流离的生活了。他父母这两年先后病故，等他伺候走父母，又耽误了婚娶的时岁。他年纪大了些，样貌也不出众，平日里嘴又笨，也就这样糊糊涂涂地打了三十几年的光棍了。如今他遇到了胡蕙心，总算觉得，老天也并无亏欠他，人生终于有个称心如意的着落了。

一九五八年春夏，登州突发旱灾，数月间滴雨不落，毁了不少庄稼。那时胡蕙心已随养父搬迁到乡下有五六年的光景，一家人生活得颇为拮据,这天灾一闹,免不了哀愁连连。可毕文荣的出现却是顶天的消愁。立夏过后,村子里疯传,老姑娘胡蕙心与隔壁村子的赤脚医生毕文荣,要办喜事了。

5

二十几岁的爱,是轰轰烈烈,不管不顾的,是常常把生生死死挂在嘴边的,是心失了全部的血,结成一道道疤,往后再把这些伤疤活活撕开也都无怨无悔的。三十几岁的爱,却是瞻前顾后,如履薄冰的。人活了那么些年,心上全是被岁月扎下的针眼,都是懂得疼的。生怕多了一句,或少了一步,伤了对方,更怕伤着自己。三十几岁的爱,戏是往小处演,日子也是往小处过的。能倚靠什么天长地久,过好了眼前就是长长久久的。

毕文荣铆足了心气要把眼前的日子过好。第二年春,他们的女儿秋杨出生了。毕文荣不能只靠当赤脚医生赚这么几个钱过日子了。他费了好大一番心力,通了关系,去了县里一家面粉厂做工,才不过一个来月,全国大炼钢铁的热潮便涌到这个小县城了。面粉厂也不再生产面粉了,厂里要兴建一批小高炉,改为炼钢厂。工人们都打了鸡血似的,一个比一个口号喊得响,但他们却谁也积极不过毕文荣,日日天不亮,他总是头一个到的。毕文荣脑子里哪儿有那么些远大的革命理想,他只是总看着胡蕙心早晚一张清淡落寞的脸,他便奋力想把眼前的日子过得热气腾腾些。

胡蕙心不是看不见他的这股热腾。她也调动着浑身上下的力气,有点配合他演出恩爱夫妻似的。每日早早地,她起床给毕文荣做好饭,两个人吃起饭来也要相敬如宾,相互谦让的;她知道他爱干净,衣服一换下就洗,从未留过味道的;夜里等他回来,她替他烧水洗脚,滚烫的洗脚水激得毕文荣浑身一个接一个激灵,他也是心满意足的。可待他忍不住要亲热了,伏在她身上,胡蕙心却本能地缩紧着身子,有时借口来了事,有时竟自控不住地淌下眼泪了。毕文荣多少就明白些什么。两个每天都卖力把日子过得轰轰烈烈的人,心里的界限却划得越来越明晰了。毕文荣已经习惯了糊糊涂涂地讨生活,他倒也不提,胡蕙心呢,满身都是歉疚,只是白日里把妻子这个角色扮演得更辛勤了。两个心善的人,铁了心就这么将就着过一辈子。善良的人都是可怜人,都是深谙弱者的那一套生存法则的。他们看似同情的是别人,不过也都是在可怜自己罢了。

可时代一旦折腾起来,连将就也是不肯给人将就的。登州这时各地都在兴办人民公社和公共食堂,家家不许存粮,不许有锅,谁也没办法做饭了。大队把农民家里的粮食收到公共食堂,又把各家的粮本、油本都收走,再把粮油一起买回来,集体做饭吃。可没过几个月,粮食竟就全都吃完了。到了一九五九年夏末,日子便实在过不下去了。天灾闹得凶,登州饥荒严重,总能听到哪个村子谁被饿死了,谁又不知吃了什么,肚皮鼓得像猪尿泡似的,一捅就破了。

毕文荣去给人看病,也不要诊费了,他只偷偷换一些锅碗或粮食回来。起先他熬上一锅粥,放一点明矾,看起来黏黏稠稠的,实际只锅底那么一点点米罢了。他把米舀出一些,分了两碗给胡蕙心的养父和胡蕙兰,剩下的便全给胡蕙心了,自己只喝那一点点汤水。胡蕙心不肯喝,左右推让,毕文荣便说:"你不顾着自己,也得顾着孩子,她总不能喝不到奶水呀。"胡蕙心看看角落里的女儿,这才两眼雾蒙蒙地喝下了。她又瞥了一眼父亲,他半躺在炕头,时不时咳出两声,稀汤都喝完了,碗底才露出几粒米来,他把米舔在舌头上,反复咀嚼,舍不得咽下似的。

粮食不多久就见空了,县里连地瓜蔓子都卖到了五毛钱一斤。毕文荣便到山里去摘野菜吃。开始有辣荠菜、盐蒿子、蒲公英、曲曲芽子,后来连平日里猪都不吃的带刺徐徐菜都没有了。有人家便开始吃树叶,剥树皮了。毕文荣总吃着野菜,仅有的粮食都让给胡蕙心一家人吃,等到野菜也没有了,他便常常一两顿空着肚子,一口也不吃了。胡蕙心野菜吃多了,脸都呈了菜色,嘴唇发紫,患了青紫病。到了秋天,胡蕙心的养父已经变得失了心性似的,一味任性,不管不顾,整日吵吵嚷嚷,只知道叫着要吃的。他一整年一点油水也没有,屙屎总是排不出来,肛门也脱落了,一到大便时就哭得死去活来。毕文荣和胡蕙心只能干看着，毫无办法。这样没几日，他没被饥荒饿死，却被一泡屎给活活憋死了。

饥饿把人性逼到了死角。到了麦收的时节，有人到麦地里偷麦子抢麦子的事情便屡见不鲜了。胡蕙心已经连着几天吃不到粮食了，为了让她和女儿能活下去，一辈子老实巴交的毕文荣竟也不得不动起歪心思。这日他听村子里几个小伙子说要去邻村公社偷麦子，他便也慌里慌张地跟着去了。麦收的农民们早就有了防备，挥舞着镰刀、木棍，疯了一样地喊杀，一伙人都杀红了眼，分不清谁是谁，满头的血也不管不顾，只知道抢着麦子就往家跑。毕文荣才捧了两捧麦穗，鞋子就跑掉了，他光着脚在麦地里狂奔，一串的血脚印在他身后怒目狰狞着。好不容易跑到了村头，他看见了一个道士，那人身形高大，却像一架骷髅似的，满脸只挂着一张皮，吓得没人敢靠近他。他见着毕文荣，一身的骨头散坐到地上，哀求说："大兄弟啊，可怜可怜我，给我一口麦子吧，我就能回家了啊……"一个看热闹的村民问："你不是道士吗？回家去干什么呀？"道士呜呜地说："要死就死在家里呀！"他这么说着，竟一头栽倒了。大家都默默看着，也没人去照看他。毕文荣想上前去看一眼，却又感受到许多目光都死死地盯着他满怀的麦子，他吓得"嗖"地便拔腿往家里奔去了。到了家门口，他看见胡蕙心正抱着女儿哄她入睡，他一头便栽到胡蕙心怀里，呜呜咽咽地放声号哭了起来，含糊念叨着："为了口吃的，我活得还算是个人吗？"胡蕙心还是头一次见毕文荣这样伤心，她正要开口安慰，又瞥见他怀里死死抱着的那些麦穗，竟不知能说些什么。

6

最难的日子总算熬过去了。苦难不只熬过了时间，也熬出了人和人之间的感情。这种感情是说不清道不明的。男女之间，恩义太重了，就升腾出牵挂、纠缠、依恋来，等这些暧昧不清的情感混淆在一起，爱就无从分辨了。一个女人，遇到一个愿意把命都交给她的男人，胡蕙心那颗死在天上的心，"轰"的一下就掉到地上了，掉进毕文荣的身体里，又扑通扑通地跳跃了。相濡以沫的恩情，让两颗心靠得更近了。

一眨眼，秋杨就长到十多岁了。一九七一年，才过了几年安稳日子的登州又被搅动得一团乌黑，一些斗争渐渐不受控了似的，愈演愈烈，人人自危，越发诡谲了。

不知是谁给革命小将们报了信，说是胡蕙心曾勾引过国民党的飞行员，那飞行员被她弄得五迷三道，公然开着飞机去学校找她寻欢作乐，又未婚先孕生下一个私生子，简直是新时代的娼妓。一群学生气势汹汹地来了，逼着胡蕙心低头认罪，又押着她戴着高帽，在大街上转着圈地游行，闹得轰轰烈烈的。胡蕙心整个人都是蒙的，她不肯承认，一路仰着头，不哭也不闹。学生们便逼着毕文荣给上头写胡蕙心的举报信，说他毫不知情，也是被胡蕙心勾引欺骗的。他们乐此不疲地喧嚣着。毕文荣被迫蹲在地上，抬头看着这些毛头小子的嘴巴开开合合着，心里想他们这么小的人，怎么能这么狠呢，真是一点前途都不给胡蕙心留的。

胡蕙心不知这桩旧事为何会被如此详尽地重新端出水面，她匆忙去信给卢江海，担忧他是否出了什么意外。卢江海也是回信匆匆，只简短写了几行字，大概是说他曾经当国民党空军军官的事被重提，要受批斗。他再观察一段时间，若是来势汹汹，他便打算举家外逃，暂且躲避。只是以防万一，为保琪珍，两人最好不要再有联络。

这一桩桩事，毕文荣多少听胡蕙心的养父和他说过。他知道胡蕙心心里一直放着一个人，他们允诺过生死的。只是这些天这事被拼凑出来，真真假假的，毕文荣反而更明白这些年他与她之间到底是什么情分了。毕文荣兀自沉浸到了自己的世界里。他偶尔替自己感到难过，好似痴痴地献出了自己整段的岁月，却做了别人爱情里的边角料似的。可他瞬间又摇摇头，他心甘情愿地做她生命里的一个小小俘虏。没人逼他的。爱情到底是一个人的事还是两个人的事,他辨不清的,但他愿意爱她这件事,他却是清清楚楚,与人无关的。一个真诚爱过的人,并没有失去什么。他爱过,没有损失,无怨无悔的。

毕文荣死活不肯写什么举报信。一些人恼羞成怒,不肯作罢,查来查去,竟又翻出了毕文荣的旧账,说他十几年前曾给一个妇女看过病,当场被人丈夫抓到了,说他手脚不老实,是个流氓犯,又说他反革命,偷过人民公社的麦子。总之,照这些个形容堆下来,他可真是一个穷凶极恶的罪人了。毕文荣从头到尾只低着头不说话,任凭他们往他身上泼脏水。这些人一时拿他也没了办法,每日来斗上一两个时辰,便悻悻然去了。

只是女儿受不了这样的折腾。好在养父死后,胡蕙兰被她三弟接回了城里生活,身体渐渐康复了。毕文荣便把秋杨送去胡蕙兰那里躲一躲风头。胡蕙兰眼见着这些风波,毕文荣打死也不肯伤害胡蕙心半句,心底对他们两人间的感情却有些看得糊涂了。她被丈夫抛弃过,对男女间的情义早已看得现实凉薄,她只把胡蕙心与毕文荣的婚姻当作两个苦命的人搭伙过日子,哪里能有什么深感情呢。可眼下的情形她多少是动容的。这天夜里,一棵树上有大大的满月。蝉一声一声叫着,路边的柳树叶子却已冒出些许秋色了。秋杨说她想妈妈,胡蕙兰便带着秋杨回来看看。她们到了院门口,却见一群人围在院子的篱笆外,熙熙攘攘的。胡蕙兰不知发生了什么,拖着秋杨铆足了劲儿地往里挤。她们进了里屋,却发现毕文荣正奄奄一息地躺在炕头上,他满身的粪水,流在炕上、地上,胡蕙心坐在一旁,两眼空洞,呆呆怔怔,只是两只手一味地把毕文荣的手紧紧往自己怀里抓。

秋杨见了这番情景,也不顾毕文荣一身的污秽,扯着嗓子"哇哇"哭倒在父亲身上,胡蕙兰去拉胡蕙心的手,问:"这到底是出了什么事情了?"

胡蕙心这才活过来了似的,她恍恍惚惚地转过脸,断断续续地抽泣着:"下午又来了几个人,逼着他写信举报我。他们拖着文荣去了村口的粪池,胁迫他,要是再不写,就把他投到粪水里。文荣仍是不从,他忍不住了,冲他们大声嚷嚷了几句,那些人歇斯底里起来,竟真的把他整个人扔进粪池里了。我也被拉出去游行,等我回来,文荣已经喝了敌敌畏,大夫来看过,说是不行了。"她越讲越难自控,整个人瘫软在地上,一寸寸地往炕沿晃动,像一只干瘪的蛙。

这时毕文荣费力地张了张嘴,他颤颤巍巍地把手指搭在女儿的手心上,又颤颤巍巍地握了握胡蕙心的手,声音薄得像呜咽的琴弦。"我要先走了。丫头得靠你一个人了。我死了,你把我和我爹娘埋在一块……我们就不合葬在一起了。"他的喉咙沉沉地吞咽着,又艰难地吐出了最后一句话,"我知道……你……心里一直有他的……"

胡蕙心哪里料到他最后说的竟是这样一番话。她抱住他一味地哭喊："你不能走啊，不能走啊！"她这样喊着，毕文荣的呜咽声越来越薄，渐渐听不见喘息了。胡蕙兰上前一看，他喉咙一动也不动，斜仰着脸，两只眼半睁着，只露出一条罅隙，人已经去了。

天都快亮了，胡蕙心才缓缓地起了身。她带着女儿一起给毕文荣擦洗了身体，换了一身干净的衣裳，又嘱托胡蕙兰带着秋杨速速去县里买一副上好的棺材回来。等胡蕙兰匆匆赶回，却发现胡蕙心换了一件青草绿的针织开衫，一条珍珠白的长裙，衬着一件杏黄色的底衣，端端正正地与毕文荣齐头躺到了一起。

胡蕙心喝了敌敌畏，殉情自杀，随他去了。

7

一九八七年冬天，登州的初雪来得很早。这日下了班，秋杨骑着自行车回小姨家吃晚饭，小雪像细细的白砂糖，扑在她脸上，绵绵柔柔的。到了家门口，她看见一辆黑色的轿车停在院门外，这可是个珍奇的物件，秋杨内心忖度着，家里来了什么贵重人物。她在门口唤了一声"小姨！"，没人应她。她背着一只米黄色的针织包，甩了甩头发，匆匆往屋里进了。

只见客厅绛紫色的沙发上端端正正地坐着一个四十岁左右的男人，他戴一副银边眼镜，面容清癯，一身亚黑哔叽面料的西服，打着一条湖蓝色的领带，领带上又别了一只银灰色的夹子。秋杨只在电视里见过男人这样时髦的打扮，她不免有些紧张，又有点梦里的恍惚感。那男人见秋杨进了屋，赶忙站起身，很有礼貌地伸出一只手，说："你好，是秋杨吗？我是陈家念。"秋杨匆匆在衣角擦了擦手，前去握住了。她正一头雾水呢，胡蕙兰端着一大盘猪血炖豆腐从厨房里出来了，这是她的看家菜，别看它平常，摆盘又没那么有型，可小姨偏偏能做出一番令人牵肠挂肚的味道来。

胡蕙兰招呼两人坐下，也不多做介绍，只盯着满满一桌子菜，一道道让这陌生的男人吃。那男人彬彬有礼的，每样都认真地夹到碗里一些，吃一口，便认真赞美一口，把胡蕙兰哄得眉眼都乐开了花。三人吃饱了，胡蕙兰也未像往常那般急匆匆地收拾，她把秋杨和这位先生又拉到沙发上，三人对坐着。胡蕙兰啜了一口清茶，淡淡地和秋杨说："这是陈家念，他是来寻你母亲的。"秋杨的眼珠鼓动着，"噌"的一下站了起来。她似乎意识到了什么，又不知究竟是怎么一回事，她惊愣了几秒，又缓缓坐下了，也捧起茶几上的茶，一言不发，静静地等待着。

陈家念站了起来，正了正身子，操着一口软侬的腔调，极端正地说："我是陈余生的儿子。我父亲是七年前离世的。临终前，他只嘱托了我一件事,他说他这辈子最大的愧歉,就是没能信守对您母亲的承诺,若我有机会,一定要回大陆来,找到您母亲,替他请罪。"

关于父亲母亲的一切,秋杨总是模模糊糊的。她似乎被潜意识中的某些东西本能地自我保护着,那些父亲抱着她荡秋千的快乐画面,那个不是很爱说笑的母亲,那个充满了污秽和痛苦的夜晚……她通通都只记得一些模糊的影子了。眼前的这个男人把她许多深埋的记忆又拉回来了。她不知道自己该以怎样的态度和立场面对他,她惊慌失措地向小姨投去求助的目光。胡蕙兰这时与陈家念相互看了一眼,陈家念竟进了里屋,转身抱着一个外壁雕着玳瑁斑纹的黑釉瓷坛出来了。胡蕙兰牵过秋杨的手,对她说:"丫头,这是陈余生的骨灰。家念这次来,是想说,看看如何安置它。你也长大了,这些话也可以摊开来说。你别怪我多事,你娘和陈余生的感情,我是知道的。恐怕到最后,她心里还是有这个人。"

秋杨有些呆怔,她不由得转过脸去问陈家念:"那你母亲呢?他们不葬在一起吗?你父亲这样做,对得起你母亲吗?"

陈家念说:"你别误会。我的亲生父亲姓刘,与我父亲是战友,从大陆撤退时战死了。他临终托孤,我父亲随国民党大部队到台湾前,到济南接上了母亲和我,他再想回登州报信,却已经来不及了。母亲刚到台北不久便病逝了。父亲一手把我带大。他终身未娶的。"

秋杨像被一只小兽咬了一口似的，浑身战栗，麻酥酥的。胡蕙兰噙着眼泪，从里屋拿出一件泛旧了的军衣，递到秋杨眼前。"当年我收拾你妈的遗物，在她箱子底下发现的。这是她一辈子的念想。是陈余生留给她的。"秋杨看了又看这件平常得不能再平常的外衣。可正因这平淡和平常，悲伤却更触目惊心了。

胡蕙兰说："秋杨，你爸活着的时候，常说一句话，他说，'人活着，就得在不可能里相信一点可能'。我那时觉得你妈嫁给他，只是为了一家人能活下去。对于你爸，我心底多少是笑他有一些犯傻的。可你妈最后却为他殉了情，自杀了。今天，陈余生竟然也回来了！我这一辈子，是最知道被人辜负的滋味的。可到底是有人没有相互辜负啊！"说着，胡蕙兰把脸别向窗前，一双泪眼，只看见窗外飞雪，随风浮沉了。

毕秋杨带着陈家念去了父母的坟前，他们到底是合葬在一起的。人掩在蒙蒙细雪里，飞雪遮天蔽日，她可以尽情地伤心，可此刻她却觉得天地间猛地生出了一股汹涌的平静。她看了看陈家念，陈家念也看着她，她该唤他一声哥哥的，异父异母的兄长。落雪之中，他们相视一笑，一些朴素而令人震撼的情感让他们不再陌生，牢牢牵绊。

秋杨问："这么多年，他一个人过得好吗？"

陈家念说："母亲走后，父亲又当爹又当娘，一个人把我拉扯大。他极少与我说他的过往。我印象最深的事情是，那时我们住在台北忠孝东路后头的眷村里。父亲仪表堂堂，在公家谋差事，又有一份体面的收入，即便带着我这样一个拖油瓶，来与他介绍相亲的人仍旧络绎不绝，日日踏破门槛。这样的情形过了两年多，眷村却传出了流言，说父亲不婚，是因为身有隐疾。他在战场上男人的要害部位受了伤，失去了生育的能力，这才领养了我。好事不出门，坏事传千里，他患耻病这件事，一下子就传开了。从此再也没有女人登门。我那时虽小，却也记事了，对这些散布谣言的人怀恨在心，背地里常拿石子砸人家窗户。父亲去世后，我整理他的日记，才知道那则谣言竟是他自己编的，他还在日记里沾沾自喜，说这样便再没有人打扰他了。后来父亲辞去了公职，在忠孝东路开了一家饺子馆，名字就叫蕙心饺子馆，一开就是十二年。父亲一直是一个乐观的人，见谁都是笑意吟吟的，我从未见他伤心过。可我整理他的日记，才知道他思念故土，思念故人，几乎夜夜痛苦，难以入睡。他的日记，篇篇都是你母亲的名字。"

雪越下越大了，陈家念情难自抑地往前走了几步，他把那乌黑的瓷坛轻轻放在了坟前，不一会儿，上面就落满了层层絮雪。秋杨痴痴地望着眼前的情景，静静地说："就把它葬在一旁吧。我去找几件母亲的衣物，也算是他们的合葬。"

陈家念激动地回过头，他看着她，两个人的眼睛里全都是飘零的飞雪。

　　秋杨仰起脸，闭上眼睛，只感受到几朵小小的雪花细细地落在她脸上。她似乎看到了三个人的坟墓，在这漫天大雪里，渐渐消融、消融，化为尘土，重归天地。

　　爱情正在死去，也正在重生。

The
Last
Woman

世界上最后一个女人

似此星辰非昨夜
为谁风露立中宵

《绮怀》
黄景仁

爱让一个女人生出宽宥,长出勇敢,幻想伟大。

女人一旦懂事起来,就不再是女人,

她是母亲,是菩萨。

叁 世界上最后一个女人

I

正是初秋，月亮爬上来，露出半张美人脸。月光落在清凌凌的水面上，一盆水琥珀似的。秋杨挽起袖口，伸出右手，修长青葱的中指指甲抵在红润润的拇指肚上，小指自然就翘起来。她歪着脖子，将手在风中摇摇晃晃，像是欣赏一只玉孔雀，又几秒，这孔雀浮憩在竹青色的洗脸盆上，秋杨把中指俏皮有力地一弹出去，一盆琥珀就碎了，幻化出数不清的银河，荡荡漾漾。秋杨咯咯笑，杨文藻走了过来，他站在秋杨身后，两只手轻轻环着秋杨的腰身，把高挺的鼻子埋进秋杨的脖颈里，用力嗅了嗅。秋杨觉得痒，笑声更大了。

"你怎么还穿这身衣服，不嫌臊得慌。"秋杨扭过头，娇怯地望着身后的男人。他的额头方方正正，眉毛像两把宝剑一样吊在一对含情目上，他的嘴唇厚实多肉，在月光下泛着诱人的光泽，脸颊被秋风一刀刀削过，棱角锋利。唯一的瑕疵，是他眉睫之间有一道深嵌的褶痕，但偏是这道褶痕，活生生劈在了秋杨心口上，她瞥一眼都疼。"新娘，新娘，新的娘"，秋杨心里揣摩着这句话，真是这么一回事。昨晚他要了她，她就不只是他的妻子，更是他的母亲。

"这可是涤卡料子,最时新的,比的确良都时髦。"杨文藻讨好地笑着。这是他昨日结婚穿的西服。他配上这一身黑色涤卡料子的西装,着实孔武俊美。"我长这么大,就穿过这么一件好衣裳,你让我显摆显摆。"他在月光下转了个圈,做出一个邀请跳舞的姿势。秋杨便伸出手,两人像风一样地往学校吹去了。

这是毕秋杨和杨文藻结婚的第二天。宣堡小学的校长说是要给一对新人庆祝庆祝,他搬出了家里的那台玉兰牌音响,校园宽阔的操场就成了远近几个村子年轻男女跳舞的地方。到了晚上八点多,天上繁星喧哗,人们吃过晚饭,欲望躁动的人越来越多,录音机里张帝、邓丽君、刘文正的歌一首连着一首,常进城里的几个蹦过迪斯科的,恣意张扬着青春的肉体,他们跳一会儿,又扯上几个在人群里害羞的、迟疑的、惊恐的、跃跃欲试的……不消多时,无论男女,只要上了场的,眉眼里全是得意的媚劲儿,仿若他们在创造一个时代。

秋杨不跳烈舞。几曲劲歌过去了,人们都跳累了,校长放了一首轻柔的《三月里的小雨》,大家纷纷散场,到一层层天梯似的台阶上,一棵棵婀娜多姿的柳树旁歇息时,秋杨一个人上场了。她穿一件简单白衣,绛紫色裤子,梳一条长辫,辫子随她手起身落,在空中浮沉,似一只有劲儿的鹰。她明明穿着一双平底鞋舞在沙地上,众人却都抬起脸张着唇齿,像在仰望一个戏台;她明明把袖口半挽在胳膊上,众人却恍恍惚惚看见一个大青衣舞着水袖,那一颦、一笑、回眸,那运眼、身段、甩动……她动若红尘滚滚,静是天地悠悠。男人们傻了眼,女人们红了眼。杨文藻嘴角微微翘,眼睛和心灵都获得了满足。

人群中突然响起一记响亮的耳光。一个年约四岁的女孩的凄厉哭声打破了黑夜里一切复杂的想象。大家纷纷转过脸去。连绣指着她的女儿喊:"跟你爹一样是个杂种,净看这么些骚货!下流坯子。"她掐着孩子的耳朵往人群外挤,疾走出几步,又扭过头来,往操场中间大啐了一口:"呸!"

众人的眼神交接,一个妇人眯缝着眼,另一个妇人便露出诡异的笑容。她们在交换共有的秘密。秋杨怔怔呆着,一时不明所以。她转头望向文藻,他却低下了头。

2

秋杨原是县城里教语文的小学老师,文藻是村子里教语文的小学老师。两人在县城举办的教师运动会上相遇。杨文藻参加两百米短跑比赛,他裸着上身,只穿一条湖蓝色粗布短裤,一身腱子肉挂满了汗水,太阳暴晒着,镶了钻一样。女人们都睁不开眼,只瞧得见一团银光闪闪的雄性肉体了。杨文藻跑了第二名，秋杨是礼仪小姐，她跟在领导身后，双手托着一个瓷盘子，盘子里三条红色绸带，各吊着一块涂了金粉、银粉和铜粉的奖牌。亚军、冠军、季军自左到右站成一排，等领导走到杨文藻面前，杨文藻冲着领导露出一对虎牙，这虎牙折射着刺眼的太阳光，就把秋杨刺迷糊了。他笑起来，像极了父亲。缺了父爱的女人，一辈子都在情爱里寻找父亲。这时领导伸出手，等着秋杨递给他银牌呢，她却拿出抹着金粉的奖牌，踮着脚尖，上手挂到了杨文藻的脖子上。领导先是一愣，又和杨文藻面面相觑，秋杨这都没反应过来，直到观众席上各种口哨声、笑声不断，秋杨才一把将瓷盘子塞到领导怀里，捂着脸往外跑，场地里男青年们的笑声就更厉害了。杨文藻摸着胸前的金牌，看着眼前这乱哄哄的场景，心里的蜜流出来了。

宣堡村的人背地里都等着看秋杨笑话。

"好好一个城里人，掉着身价嫁到这破村子里做什么？一个女人，身价没了，就啥也不是了。"

"杨家三兄弟，从小没爹娘，就靠着杨老大一口一口讨饭才把两兄弟喂养大，这杨老大也真是可怜……"

"男人的面皮能当饭吃吗？连绣和杨老三好了多少年，最后还不是嫌他穷，转眼就嫁人了？"

自打秋杨毅然辞了城里的教书工作，跟着杨文藻嫁到村子里，几个月来，她就成了宣堡村地头、集市上、巷尾的话题焦点，走到哪儿都能听见有人议论这丫头。杨文藻免不了也听见几句。他想起与他相爱了三年的连绣，他们最后说话的那天，他站在她家院门口，在风雪里等了半个多时辰。门终于开了个半尺大的缝隙，连绣母亲连拖带摔地将文藻带来的两筐子苹果全都扔出来。血红滚圆的苹果滚到了冬日的雪水里，滚到了沉积的泥垢里，也有一颗滚到了杨文藻脚下。他弯下腰，捡起来，在衣袖上擦了一遍又一遍。他把苹果紧紧攥在手里，这是他二哥佝着腰，走了数十里地，在远亲那儿赊欠回来的苹果，明年秋天得用玉米还上。想到这里，杨文藻大喘了口气，正了正身子，在院门外又大吼了一声："连绣！"

风里只听得到喜鹊叽叽喳喳的啼鸣。时间凝固了，一个回荡的声音隔着刀山火海而来："你走吧，感情也不能当饭吃！"

连绣的祖上是富过的。连绣的母亲尝到过钱的滋味，她既然落魄了，就断不能眼巴巴地看着女儿走向悲困。连绣家的院墙，是一围灰白相间的石砖砌成的高墙，左右两侧的院墙中央各有一处四四方方的镂空雕，嵌入了九个半圆瓦片拼接成的古铜钱环绕纹样。大门是由白松木做的，经多年雨水冲刷，树木的年轮纹理愈发腐朽。隔着一条泥巴路，文藻家就在连绣家院后。文藻家两间矮房，一间红瓦绿窗，是大哥、二哥给文藻娶媳妇新盖的，另一间石头堆出来的老破屋子，还是二十多年前爹娘病死时留下来的，只一铺炕，大哥杨建国和二哥杨文民睡在一起。这一路之隔的两间院子，好比武大郎和西门庆，文藻心里想，"怪不得连绣"。

杨文藻把头埋在秋杨怀里，一悲一慈地讲给她听。秋杨听得迷惘，不知是该替他心疼，还是替自己心疼。她只能低下头，用手指肚在他眉间的褶痕上轻轻绕，她说："痛终有时，爱必将至。"

这话是说给他听的，还是说给自己听的，秋杨也糊涂。这话秋杨从小听到大，耳朵都听出了茧。她那时而疯癫时而清醒的小姨，总喜欢把她揽在怀里，一边用篦子或手指摆弄她溜黑柔软的头发，一边重复讲这句话。这话也不是小姨发明的，是她男人在恋爱时常讲给小姨听的。他讲出了这句话，就在小姨的心尖上种满了希望。

秋杨是小姨胡蕙兰带大的。胡蕙兰在日本人办的登州蚕桑学校念书时，与丈夫相遇相知，他爱看戏，她就去学戏，扮起青衣来，两个人都如痴如醉。婚后不久，时为国民党官员的丈夫偷渡至台湾，把她一个人留在登州，毫无交代。胡蕙兰夜夜悲泣，不久，神思渐有些恍惚，周围一些好事之徒，私下嘲笑她是患了疯病，她也不辩解，成了任人嘲辱的精神病人。直到秋杨母亲胡蕙心殉情自杀，将女儿托孤给妹妹，胡蕙兰这才有了新的责任与寄托，重新捡起裁缝生意，定时教秋杨读书认字，识谱唱戏，疯病倒渐渐好了起来，虽偶尔犯病，也只是迷糊几天。秋杨幼时常怨母亲何以狠心抛下她，又瞧不上小姨为一个不值当的男人沦落至此，可待她长大了，爱上了人，却对母亲的殉情之举、小姨的癫狂之态，多了十分理解，平添三分敬重，她看母亲和小姨犹如暗室明珠，生逢不幸，不落窠臼，身为女子，何其壮烈！这样想着，她便替自己宽慰起来。爱让一个女人生出宽宥，长出勇敢，幻想伟大。女人一旦懂事起来，就不再是女人，她是母亲，是菩萨。她刚刚还有些幽怨的脸，被秋灯一点，明亮了。

明亮了的秋杨就不计较文藻和连绣的过去。连绣肤如夏藕，并不比自己白净；发似秋霜，也不如她的长辫闪亮；连绣单眼皮、小山眉、鹦鹉鼻，嘴巴跟个鸟似的……哪儿哪儿都不如自己端庄。心里这么勾画着那晚见到的连绣，秋杨就扑哧笑出声来，待她笑出声来了，又甚觉自己寡薄，不该这样小气。可她早上一出门，晚上一回家，自己的眼睛就长在连绣身上了。她一只脚都跨进家门了，却总忍不住再扭过头，用白玉似的手指拢拢耳鬓的发丝，借着余光瞥一眼连绣家的院子。"真是一个泼妇，能落个什么好下场，呸！"她平白捡了一点安慰，另一只脚才跟着跨进门，却心下一惊，不知自己何时学会了咒骂，又暗自悔恨起来。"秋杨啊秋杨，你看着聪明，活得可纠结。"她想起小姨曾这样戏谑她。

这日清早，天刚抹了点颜色，她拎好大一桶水浇菜，菜地就在院门口。井水顺着地垄沟往外流，秋杨的眼神也顺着这浊水飘荡，一直飘到了连绣家的后窗底，秋杨脂玉似的脖子微微吞咽，润了润喉咙，这才敢光明正大地看一眼这每日堵在她心口的房子。她正准备仔细端详呢，却发现玻璃后面也瞪着一双闪着寒光的眼睛，死死盯着她。秋杨吓得"妈呀"大叫一声，一个趔趄倒在菜地里，满屁股都湿了。文藻已经去学校教书了，二哥杨文民闻声赶了出来，他远远地看见了一个浑圆的女人屁股，一座被一层杏黄色布料紧紧包裹着的丰满山丘。杨文民搓了搓满是老茧的手指，转头回屋里去了。

3

秋杨心里对杨文民只有敬重。他比文藻长三岁，年纪轻轻，却有两弯长岁老人的寿眉。发色黑白间杂，脸皮沙砾似的，坑坑洼洼。他上嘴唇单薄，下嘴唇却厚厚的，一日里听不到他说几句话。文藻的大哥杨建国，已过了三十岁，生下来腿脚就站不住。文藻说，他爹死得早，他娘生下他几个月就病死了。那时大哥不过七八岁，拖着一双残腿在地上爬，手里抱一个残碗，挨家挨户讨饭吃。村里人可怜他，好赖都给一口。他要到饭，又拖起腿奋力往回爬，把饭送到两个弟弟嘴边。杨文民那时才三岁多，也知道先让给弟弟吃。

秋杨和文藻结婚那天，二哥杨文民坐在父亲的位置上，受二人大礼。大哥说不该丢文藻脸面，死活不肯出来。文藻牵着秋杨的手，去隔壁屋土炕前给大哥跪下，连磕三个响头，一屋子的人都忍不住掉下眼泪。

秋杨对杨建国格外注意些。他面容清癯，眉眼鼻唇与文藻甚为相似，却更显精瘦孔武，内敛沧桑，虽身有残疾，待人接物，却如一棵不老松，立于群山之巅，自有权威。秋杨拖着一根乌黑长辫的脑袋里不由得闪过一丝幻想，她的父亲年轻时，大概更像是这副模样。

秋杨第一次仔细打量素日里一声不吭的二哥，还是第二年春天。

那时桃花先开了，梨花、杏花都跟了上来。宣堡村成了年画里的村庄。村子的正中央有一棵百年杨树，杨树新芽初发，阳光照下来，一块块翡翠坠子似的，通体透着黄绿。树下有一条小溪，宽不过两米，终日流水不断，晶莹剔透，纵越整个村庄。男人、女人们藏了一冬，换上轻便的衣裳，或是蹲在杨树下打牌、下棋、侃大山，或是在溪流中浣洗衣物，赤足打闹。这样的人间，说是世外桃源也不为过。秋杨怀着几个月的身孕，也随几个村妇，搬个马扎,于溪边清洗一些小件的内衣裤袜。大家伙儿正有说有笑着,远处突然传来几声惊悚的哀号。秋杨闻声望去,只见一个身子瘦小的女人正发了疯地往溪边奔来。她丰厚枯黄的头发在风里摇曳,像春天还未换新的杂草。她穿一件缀着许多黑色圆点的白衣,领口、下摆已渲染出一片片乌红血迹。她张大了嘴巴跑,扯着嗓子哭喊嘶叫,可她拼了命地跑,也只是挪动得摇摇晃晃。秋杨看得清楚,她的右腿一瘸一拐的。她是个跛子。

"唉,这是上辈子作了什么孽啊,可怜的云娘。"坐在秋杨旁边的马婶落下了敲打浣衣的棒槌,摇头叹息。

秋杨在众人你一句我一句里听懂了云娘的故事。云娘天生就是个跛子。她是被拐卖到宣堡村的,卖她的男人是她父亲,买她的男人是个赌徒。男人一赌输了,就会酗酒,酒喝多了,就要打云娘。

秋杨定眼一看,果然云娘身后有个男人。他一米八几的样子,身高马大,腿粗臂圆,应是喝多了酒,跑起来东倒西歪,故而追不上跛脚的云娘。他在后面骂骂咧咧,手里攥一把铁锹,也往杨树这里来。下棋的、打牌的,洗衣服的男人、女人,匆匆都起了身,提着各自的马扎往远处闪,躲到了安全的距离,又不肯离开,齐齐驻足观看。马婶也拉着秋杨往外走,秋杨问:"怎么没人去帮忙?就这么看?"马婶说:"你不知道这狗崽子,杀过人坐过牢的。谁阻了他的事,他一定要找机会烧你的家、偷你的鸡、杀你的狗,浑不论，没人敢招惹他呀！"

秋杨的心随着云娘颤抖，这可该怎么办？她正这样焦躁着，只见那把足有一米长的大铁锹"嗖"地从眼前飞过。那是一把尖头铁锹，像猎人投掷出的标枪，生生正正直插进了云娘的脊背里。云娘的上衣刺啦裂开了，几片残云般挂在裸露的躯壳上，自脖颈往下直到腰脊，一只血拉拉的巨兽淌着大口，想把她活生生吞噬掉。云娘就这样在春天里、在尘土中、在朝阳下，歪歪扭扭，"轰"的一声，倒下了。

秋杨受不住了。她下意识地一只手托着自己的肚子，另一只手去扶云娘。云娘的嘴角沾着血，还有几根干枯的发梢。她扶不动她。那个男人赶了上来，周围的尘土全带着污秽和酒气的味道。"看老子不插死你。"他叫嚷着，又要一把把铁锹从云娘背后拔出来。"可使不得啊，会死人啊。"旁边有人喊。他听不见，他伸手要去拔。秋杨只听见云娘细小的呜咽和呻吟声，她说："救救我。"秋杨的气血涌到了头颅，她已起身准备护住云娘了。这时她的眼前暗下来，春日里的太阳在她面前拢下了一个干巴巴的影子，影子稳稳当当守在了她的孕肚前。惊恐的秋杨在一瞬间灵魂出窍了。

"没长把儿的东西！你是不要脸了，就会打女人！"人群骚动了。没有人会想到，冲过去挡在秋杨和云娘前面的，竟是连绣。

"去你娘的，赶紧给我滚。"那男人丝毫没有被连绣的骂声镇住，愈发歇斯底里起来，"你男人在外面天天睡女人，他妈谁不知道？你那个娘天天在家两腿一叉，谁有钱就给谁操，老子要不是看那老货恶心，早他妈操死她了！"他越骂越起劲儿，人群里的情绪就变化莫测了。骚动一浪盖过一浪。一些人的神情变得猥琐，另几个咂起了嘴，嚼着馒头反刍似的，回味无穷。

"你这个烂人，我撕了你的嘴！"连绣冲上去，十个指甲往男人的胸口疯了一样地抓。那男人薅住连绣的头发，抬起腿就是两脚。连绣不过是一只凶猛的鹅，又想起身撕咬，男人一把就拧住了她的脖子，要活活掐死她。

秋杨大哭着喊救命。人群喧哗。周遭人声鼎沸，并无一人上前。围观的阴影越叠越厚，生生圈出一座戏场。宣堡村两百多号男男女女密切注视着戏台上的三个女人，她们一疯一残一悲啼，好大一出戏！一个凶残暴烈的男人靠野蛮与戾气威震四方，所有的观众都心甘情愿被这淫威俘获。做了俘虏的人躲进戏里当看客。历史和生活都幻化成了一出戏，谁也不能嘲笑谁。戏里那男人又要去踢连绣，秋杨爬起来，死命拖住他。这时一个拳头从她面前闪过。秋杨晃了神。等她清醒了，杨文民已和那男人撕打在一处。终于，旁边几个再也看不下去的男人出戏了，他们冲上前去一起扭住那醉汉。秋杨这才"哇"地哭出响来，声声唤着"二哥！"。

4

  文藻把秋杨拢在怀里。"都怪我，我以后一下课就回家。"他抚摸着她的肚子，她的发。"多亏了二哥，要不得出大事，"他安慰着，语气又渐生出责备，"你跑上前做什么，那是远近出了名的混蛋，他敢杀人的！"

  "杀杀杀，你怎么也和那些村民一样软弱！他杀过谁？二哥说了，不过是两帮人醉酒打群架坐过两年牢，满村的人就一个个怕成这样。今天要不是二哥，云娘才真的要被杀死了！"秋杨嘴巴越说越厉害，心底倒真生出些后怕，她这么一想，委屈就更隆重了，哭起来呜哇呜哇。文藻又惊又疼，两只手只得搂着她反复地哄，上下地哄，左右地哄，哄着哄着就把身体哄热了，哄出欲望来。文藻忍不住了，下嘴就要亲。秋杨却突然瞪起了黑不溜秋的一双星眼。"你去看过连绣没？"秋杨眼角又落下来，落到肚子上，"今天她竟舍了命护我。"

  文藻的欲望瞬间就熄灭了，他起了身，看了看秋杨，一句话也没有说。窗外的太阳要落山了，透着玻璃照得满屋子金碧辉煌，文藻站在焦灿灿的余晖里，秋杨看不清他的神情，也看不清轮廓。

  过些时日，文藻带回来一个好消息。宣堡小学要补一个新教师名额。学校一共两个语文教师。六十多岁的王老师这两年总是忘东忘西，实在跟不上教学进程，只得辞退了。"刘校长亲自来告诉我的。"文藻一笑，额间的褶子就淡了。夜里，吃过晚饭，文藻带着秋杨去校长刘有才家里拜访。他们没什么拿得出手的东西，秋杨委托小姨给校长夫人缝制了一条手绣的床单，鸳鸯戏水的花样，那是小姨的拿手绝活。二哥又杀了一只鸡，装在一只白瓷盆子里，嘱咐文藻连盆带着。

　　校长迎出门，他脸圆圆的，眯起眼笑，眼睛就藏到褶子里看不见了。"你们嫂子不在家，她喜欢住城里。城里有什么好？瓜果蔬菜都不是新鲜货。"校长招呼着，张罗着，一会儿端盘瓜子，一会儿又倒两杯热茶，恨不得把家里好的东西全掏出来似的。"这丫头我头一回见就喜欢，人家一个城里的大学生，愿意跟你嫁过来，你可得惜福。"校长笑得又大出一个腔调，顺手拍拍文藻肩膀。文藻赶紧立起来直点头，只知道满脸堆笑着回"是、是的、是啊"。校长又不紧不慢地坐下去，不紧不慢抿一口茶。"按理说凭秋杨的文凭和资质，别说宣堡小学的语文教师了，就是我这个校长，我马上要退了，她要是想当我也愿意给她。"校长把话说到这份儿上，文藻和秋杨一时却不知该怎么接，慌忙双双站起身，鞠起躬来，心下嘀咕究竟是该推辞还是该感谢。这时校长又悠悠地转了转桌上那个有着青松纹样的白釉茶杯，吊了吊嗓子。"只是学校总共就两个语文老师，你们夫妻俩都占上了，恐怕人前人后都会有些言语，不明就里的，别以为我收了你们什么好处。"文藻瞪大了眼睛望向秋杨，秋杨瞥了瞥瓷盆里那只被脱了毛的鸡。俩人都顿觉自己与那只秃鸡一个处境。

秋杨也不知如何是好，她右手捏着左手的拇指，生生要掐出水来。她拿出小姨绣的那条床单，端端正正托送到校长眼前。"是我小姨自己绣的，她是个行家，我们没有拿得出手的东西，让您笑话了。"校长刚刚含笑的脸马上严肃了起来，他一严肃眼睛就从褶皱里暴露出来。"丫头啊丫头，你这是把我当什么人！你们日子过得艰难，难道我不知道？文藻他爸原是乡里的老先生，宣堡小学还没有的时候，他就教着四里八乡的孩子们识字念书，我也是受过他教导的。"他站起身来，就显得比坐着的时候又高大了许多，"你容我两天想想办法。东西你们务必拿回去！你瞧瞧，家里你嫂子不在，这鸡啊布啊，我都不知道往哪儿放去了！"文藻听得眼圈都红了，难为还有人记得他父亲，死活都要把东西留下来。校长大手一挥："这样，你们诚心给，我也不和你们推辞，明儿下午你嫂子回来，你们来送给她拾掇！"文藻赶忙答应："明天我有课，秋杨下午来看嫂子！"秋杨点点头，她闻见院子里有淡淡的月季花的香味，心下更明快了。

第二日早，月亮没落下，秋杨已起了。她有点急不可耐，早早催文藻去学校，文藻备课去了，她却不肯离开。她拿脚步一寸寸丈量这清明的校园。踱来踱去。这是一座三层建筑，依势建于半坡之上，矗立在丘陵之巅，一眼望去，数座村庄袅袅千里，尽收眼下。先踏二十八级台阶，可见一座四四方方的操场，除西侧一排整齐的平房用以学生如厕外，数亩大的场地空无一物，人行其中，不禁有浩浩荡荡、地阔天长之感。她快乐得很，又沿阶而上，再数十六级，是一处五尺见方的空地，汉白玉样的石头砌成一圈围栏，正中间竖着一根旗杆，红旗迎风招展。空地两侧各有五间屋子，分作各科教师的办公室，校长室单开一间，在西侧最角落。二层再往上，只六级台阶，又是一个偌大的操场，最南沿一共十二间平房，便是学生们的教室了。整个校园都是白色大理石、白色栏杆，又是初夏，绿葱葱的柳树掩映着一片片青砖红瓦，朗朗的读书声四处飘来。秋杨仰起脸，让太阳晒一晒。她在感受一种清新的希望。

　　顺着学校下坡往北走三百米，就到了云娘家。她来过一次，那时云娘尚疼得起不了身。秋杨正一步一悲慈，心下叹云娘可怜，却见云娘着一件淡紫小碎花上衣，鸦青色镶白条纹裤子，席地坐在路边一片青翠的野草之上。走近一看，云娘正在喂一只小猫。那奶猫一身纯白，只尾巴有几处褐色杂毛，看上去不过两三个月大，一排瘦骨架在身上，孱弱得很。它滴溜着琥珀色的小眼睛，见秋杨来了，伸过鼻子嗅了嗅，心下觉得安全，又回头继续吃自己的肉了。云娘竟喂的是肉。秋杨心下嘀咕，又不好言语。去年冬天她孕吐，突然就馋肉了，在屋子里转了两圈才舍得跟文藻说。

文藻摸摸她的头，又摸她的肚子，说是该吃肉。冒着小雪，文藻骑着大梁自行车，载着秋杨，一共割了十块钱的肉。这可把秋杨高兴坏了，一路和文藻说笑嬉闹。等到了家，秋杨却发现手里的肉不见了。夜里雪越下越大，两个人打着手电筒找了一路，愣是没找到。秋杨气恼，又是委屈，蹲在雪地里生号。秋杨神思飘了，眯着眼瞧云娘，人都吃不起的东西，她舍得喂猫。

云娘用牙齿小口小口撕下肉来，每一块只半个指甲大小。"它肚里该是生了虫，大一点的，它吃不下了。"云娘冲秋杨笑笑，朝一边努努嘴。秋杨循着望去，一只小破碗里两块大些的肉，猫不肯吃。秋杨心里便有些难过。她也盘腿坐在草上，说："你该自己吃了补补身体，给它吃了又能做什么呢？"云娘自顾自地喂着，一点肉咬下来，放到拇指肚上，猫舔舔吃了，又奶叫着，要下一口。"多吃点，吃饱了才有力气抓螳螂、抓地鼠，你得靠自个儿好好活下去。"云娘对着猫说，又扭过头，脸冲着秋杨讲："你看它多可怜，一只着了病的小野猫，能活几天呢？我刚刚对它讲，不过是骗骗它哄哄它。它吃点好的吧，死的时候也有力气投个好胎。"

秋杨第一回和云娘讲这么多话。她睨了云娘一眼，一时不知该如何作答。那小猫又不吃了，颤颤悠悠想往云娘腿上爬，踩出五六朵小梅花。"把我当你娘了，可我也顾不了你呀！"云娘说。秋杨又不知该说什么了，她没料到这是个微妙的女人。总得找些话聊。秋杨也伸过手去摸猫，问："他还打你吗？"云娘说："上次村里报了警,他怕被抓,跑了好多天了。"云娘扯了扯衣摆,欢喜都在眉梢,"要不我会穿这么漂亮的衣裳吗?"秋杨听得糊涂。云娘笑了,说:"女为悦己者容嘛!"秋杨更糊涂了。云娘把猫放下,嘴巴爬到秋杨耳朵里。"我有心上人。"秋杨差点没一骨碌爬起来,眼睛瞪得比铜铃大。云娘捂着嘴笑,说:"瞧把你吓的,我也没吃了你的耳朵。"又说:"我知道你是读书人,我的心里话想和你说。可你也别看不起我,我是识字的。"云娘飞扬的神色落下了一层灰,"我娘死得早,她教我的。"

秋杨缓过了神,小心探问:"你男人可知道?"云娘正色说:"知道,不然他怎么总把我往死里打。"秋杨忍不住又问:"那人是谁?"云娘咧起嘴大笑,说:"我且不知道呢!可我心里一直有个梦。梦里总是有个人,等着我呢!"秋杨被这话噎住了。她多少觉得云娘的毛病不是跛,而是有些疯癫。像小姨那样。"那你何必无缘无故激怒他,不是自讨苦吃吗?"秋杨怅然。云娘凄然而笑:"怎么能算无缘无故?我告诉他,我不爱他。我心里有我要去爱的人!我不怕他。他那样对我,我凭什么爱他?"

一整个下午秋杨都魂不守舍。她惊觉自己小瞧了云娘,也看浅了世界。这样迷思半晌,忽觉已过午时,她想起自己还有正事要做,便宁神静气,待文藻晚上回来要和他好好说上一说。

她拎着昨夜的鸡和那条鸳鸯床单来敲校长家的门,应门的仍是刘校长。没等秋杨反应,校长便接过她手里的鸡,堆着一脸的笑望向秋杨的孕肚,埋怨道:"这都几个月了,怎么一个人拎这么重的东西。"他看清楚了秋杨眼神里的疑惑,便自然补上几句,"你嫂子中午忽地说闹肚子,没能来。"他把秋杨迎到屋里,放下东西。秋杨不知所措,只脱口而出:"校长,你看我的事能不能成?"刘有才的眼睛虚着,忽地就冒出一道绿光,狼一样,他一把搂住秋杨,将短促的嘴巴埋进了秋杨的乳房里,含糊不清地喊:"能成,指定能成。只要你愿意,你要什么都成。"秋杨的脑袋像宣堡村村口那只坏了的扩音喇叭,滋滋啦啦地响,一直响,一直吵,一直吵,一直响,吵成了一团空白。"我的肚子。"秋杨不知怎么就冒出这么一句没头没脑的话。好像什么都没有发生。她只是提醒他,她怀孕了,有六个月大的肚子。刘有才喘着粗气,把手伸进秋杨的内裤里。"不妨事,六个月大,可以做。我有经验。正是刺激的时候。"他的手动着,秋杨有一点疼,突然就意识到正在发生什么,她"啊"地长喊一声,止不住地叫。她要随手抓些什么,便一把抡起瓷盆子里的那只鸡,甩到了刘有才脸上。刘有才幡然变色,瞬间阴沉如铁,眼睛里闪过股股杀人的寒意。"我这个人是最恨强来的,你自己瞧着办。只是别忘了,杨文藻还在我的手下。"秋杨捂着肚子,脸色煞白,浑身瘫软,不停打着冷战,只顾惊惶地跑回了家。

天渐黑了。文藻回来得有些晚。秋杨已恸哭半天，倦了，只噙着泪，眼泪无声挂在脸颊上。文藻问她这是怎么了。她手里捻着文藻的手，忍不住又泣出声来。窗外霎时电闪雷鸣。暴雨将至了。文藻的脸已因愤怒夹杂着屈辱涨得绯红，他挣脱出双手，叫上了二哥，冲出院门。兄弟二人一人一把锄头就往刘有才家里奔去。门踹烂了，屋里却没有人。他们又掉头去学校里找。通体洁白的校园很像西方的教堂，滚滚乌云压境之下，衬得肃穆诡异。文民发现刘有才办公室的灯果然亮着。他满脸的坑坑巴巴这时绷得像一枚枚铜钱。文藻冲到二哥前面，手里的锄头已抡到半空了。这时连绣从刘有才的办公室里缓缓走出来，她低着头，两手扣紧了胸前的几颗纽扣。她的面容如落叶一般，满地枯黄。

下雨了。

5

夏日负暄，一切都太热烈了。好在都要过去了，繁花已开到了尾巴，秋天又要来了。

连绣当上宣堡小学语文教师那一天，秋杨早产了。

那日文藻扛着锄头归来，秋杨倚门而立，忧心忡忡，又哀又恐。她盼着文藻、二哥能给她出一口气，借着这泼天的雨洗去屈辱,又恐二人出手过了,反又摊上罪名。文藻却一句话也不肯说。他躲进大哥的屋里。二哥讳莫如深,完全成了哑巴。秋杨不知发生了什么,百思不得其解。过几日学校张贴了告示,说新语文教师是连绣。村里人的眼神一时全都暧昧不清,流言渐起,连绣学了她娘的本事,也靠男人吃饭了。秋杨隐隐猜出了那晚文藻是遇见了连绣,却猜不出他们之间到底还有多少牵扯。她不愿被蒙在鼓里,想来想去想到找云娘。她素面而去,见云娘一人独坐院中花前,采了一筐夹竹桃花正捣汁做指甲,好似一片片瑰丽晚霞。秋杨坐到一旁也摘几朵。"连绣和文藻之间到底还有没有纠缠,云娘你若是知道什么可别骗我,要不我在这宣堡村就再也没有意思了。"云娘停了手里的活。"是不该瞒你,"她低头看,两只脚尖归拢一地残花,"如今是没有了。可连绣曾替文藻落过一个胎,应该也有四五个月大。"秋杨脑袋一股股眩晕,只觉身子里爬出无数条蛇,手里的花瓣碎伏在地,扑通一声,人也带着肚子倒下了。

雨连下了几日。
院子里两株白月季花全遭雨打风吹落,凄凄惨惨飘零在地,一窝鸟雀掉在泥里,幼鸟蹬一只脚,又一条天真的命去得无声无息。这些秋杨浑然不觉。她躺在自己的凄恻里,犹如一场大梦。她攥着双手,轻轻抓着胸口痛哭一场,胸脯起伏着,躺在身旁的那个早产的婴孩又饿又惊,声声悲啼。秋杨遥远而陌生地望着他她生命里再也没有一刻比这一刻更弱小。她想娘，想小姨。

任凭文藻如何解释，死去了一部分的秋杨永远沉默。他趴在床头，说他对连绣愧疚，刘有才的事要真闹起来，就是把连绣往死路上逼。又说连绣的男人嫌她生不出儿子，在外面又养了两个女人，连绣是为养自己的闺女，这么做也是没有办法。秋杨有时也能听进几句，她想，连绣怎么就这么可怜呢？她看着文藻一悲一慈地解释，看他额间那道褶子更深了。她心里想去熨平它，手却再也抬不起来了。她想，她怎么这么可怜呢？早产了，没奶了，手都抬不起来了，他却口口声声还在念着连绣。连绣有什么好呢？都说女追男隔层纱，她放弃了工作从城里来嫁他，她不比连绣爱他？那么他究竟是可怜她还是还爱她？是更爱她还是更爱她？他们曾有过一个孩子，这样大的事，他为什么要瞒住她？她自小就失去了父亲，她心底想找个男人依靠，可她到底靠不靠得住他？

秋杨不能再想了，她的心底很潮湿。那天的雨一直下到今晚。再想她就要决堤了。

秋杨少奶水，这日忽地半夜就爬起来，抱着儿子往连绣家里去。她反复回想那日溪边，她护住云娘，连绣上前护住她，连绣护的到底是谁呀？是她？是他？还是她肚子里他的他？秋杨开了窍了。都不对。连绣护着的是她自己的孩子啊。秋杨生下了连绣死去的孩子。这是一个只有母亲才能生出的幻觉。文藻死活拦不住她。她在文藻手上咬出一排排血印。那都是无尽的恨呀！连绣倚在门前，垂手而立。"让她闹吧，闹够了该干吗干吗！"秋杨泪就下来了："连绣你心够狠啊，你不可怜我，也该可怜可怜你的儿子。"连绣冷着脸。"世界上没有可怜人，"她幽白的目光落在秋杨怀抱的婴孩上，"人生下来谁不可怜。人要是都像你这样只顾着可怜自己，谁都不必活下去了！"

秋杨心里打了个冷战，泪竟止住了，她变幻出一个诡谲的表情。"你可怜是你咎由自取！"她兀自凶猛起来，"你和你娘天天算计着傍款爷，连自己身上的肉都舍得打掉，到头来你得着了什么！我呢！我做错了什么，要跟着你们受这样的罪！"连绣的心到底也是肉做的。她被蛇咬住了。她冥冥中听到她那死去的孩子喊了一声："娘，我疼。"她恨恨地盯住秋杨，可她盯得不够死，一阵风吹得她眼神晃动，余光又飘到襁褓上，那几秒的恨意瞬间就散了。"我问你。人走在路上被车撞死了，无不无辜？一只蚂蚁好好爬行苟活着，被你一脚踩死了，它无不无辜？有人可怜那被撞死的人，也不过哭两回。那蚂蚁死了，连个风响都没有。这世上哪一条命不无辜？可到底最后谁也顾不了谁。老天爷能顾，他却不管，他没良心，把万物都当猫狗。你要成天自哀自怨，变着法地可怜自己，趁早也学我以前，把孩子早早掐死。当不起娘的女人，做你儿活下来也不过白受一场罪。要么你就靠自个儿好好活着，甭想指望这个指望那个指望男人，也甭在我这里丢人现眼！"她说完，扭身走进院里，大门一关，砰的一声，门梁落下满空浮尘，人去灰尽了。

秋杨回来低着脑袋盯着孩子看了一夜，魔怔了。第二日早，秋杨变化了。她依旧不与文藻言语，一日三餐却做上了。文藻稍一在她面前晃得时间久一点，她便抱着孩子去找云娘了。文藻自讨没趣，自觉不该打搅秋杨和孩子休息，索性抱一床被子去隔壁炕上，兄弟仨人又挤一处睡了。杨文民通红着脸，脸皮又外挂一层白霜，过来说和，说连绣的娘原是地主家的大小姐，有钱日子过惯了，连绣爹在政治运动里被迫害，她娘过不下去苦日子，连着跟了三个男人，现在人老了，没男人要她了。是她逼着连绣嫁个有钱人的。连绣也是苦命的孩子，一不顺气就遭打，身上青一块紫一块的，当丫头的时候受老罪了。文藻心疼她，常去搭手帮帮忙，一来二去两人有了情义。连绣娘知道连绣怀了孕，偷着给她碗里灌了药，孩子落下了。连绣搬出来自己过，在早市上靠杀鸡宰鹅过活，一个女人，挺不容易。文藻可怜她，也愧疚，但都是过去的事情了。他对你好不好，你该是知道的。又东拉西扯说了一大堆，说到嘴唇都早出褶子了。秋杨瞥一眼二哥，他讲的这些云娘早和她讲过了。可同样一席话，二哥讲起来，笨嘴拙舌的，怎么就那么不招人待见呢？秋杨悠悠落下一句："合着你们兄弟仨都心疼连绣，那么为什么不搬过去和她一起过呢？"话音未定她便扭身走了。杨文民干瞪着眼，呆愣在原地，恨不得窘死算了。

秋杨拿定了主意要把连绣从自己的日子里赶出去，可连绣却叮叮当当偏要闹出些大声响。不多久，宣堡村出了大新闻，连绣离婚了！

连绣成了宣堡村第一个离婚的女人。村里哪个女人没动过离婚的念头呢。可念头归念头，没人真行动，也没人能离成。宣堡村的离婚难于上青天。连绣先去村里开介绍信，拿到介绍信才能到乡镇找干部接着走手续。只这一步，村干部就如临大敌。男书记天天晚上来找连绣沟通，女干部一谈心能谈上一宿。他们不光和连绣谈，还和连绣母亲谈，连绣那鬼都抓不到影子的男人，书记竟也把他捉了回来一起谈。男人表态婚姻好，哪儿有离婚的。离婚净丢人。书记笑着夸他有觉悟。"什么是夫妻？谁的日子不是一边忍受一边过活。闹着闹着就老了，闹不动就不想离了。这就是夫妻。"连绣家天天演大戏，围观的群众都动容，道理摆到了台面上，听来听去果真觉得婚姻好。连绣冷着脸、阴着脸、关着脸，纹丝不动。书记阴阳一笑："好一个连绣。"他破天荒地给开了介绍信。镇上干部把戏复演了一圈。连绣离婚了！

村里的男人自此视她为祸水，女人们却有时耻笑，有时又暗暗发狠，自己要做下一个连绣！秋杨漫不经心问云娘："怎么看连绣离婚？"云娘伸出两只软软的手，问秋杨她新染的指甲好不好看。秋杨翻给她一个白眼，云娘才咯咯笑。"你倒是关心连绣。"秋杨伸手作势要打她，云娘却将鲜红的指甲伸到阳光里，继续答非所问。"一个女人,杀鸡宰鹅,起早贪黑,血里来去。她去学校当老师,是想赚一份体面钱。女儿不该再走她和她娘的老路。"

秋杨思绪漫卷,回家路上,见那百年杨树正有两片叶子从枝头悠悠荡荡晃下来,身随风摇,犹如轻飘飘的女人。她们一片落入污泥之底,一片浮于清溪之上,命运的轨迹自此不同。她忧郁多日的心,了悟出一种历史性的轻松。

6

忽悠之间,又是一年。这年春,宣堡小学宣布,根据上级指示,乡村小学要大规模合并了。因计划生育政策的执行,临近几个村子的适龄学童越来越少,宣堡小学宣布倒闭。宣堡村几十个孩子要到十里地外的龙家小学读书。刘有才并没有退休,他早早运作一番,竟成了龙家中学的新校长。连绣跟着转岗做了龙家中学的出纳。同样只是民办教师身份的杨文藻,在县里派人来考察时被人举报,说他在村子里男女作风不好,一夕之间失业了。

刘有才站在宣堡小学二层中央汉白玉样的石头砌成的栏杆下,做庄重的演讲。他声如洪钟,讲到动情处,声泪俱下。演讲稿念完,又宣布由他来给全校近两百名学生上最后一节课。他刚吐出了"我宣布"三个字，一层操场上不知哪个少年高喊了一声："打倒刘有才！"一块亮晶晶的石头在日光里画出一道完美的弧线，吧嗒一声，刘有才的左眼沁出血来了。

"打倒王八蛋！""还我们学校！""打倒汉奸刘有才！"……乱七八糟的口号全都出来了。操场上刚刚还整整齐齐的学生方阵，一下子全乱了。年长一些的少年人手一块石头冲向二层校长办公室，窗户玻璃炸开了花，年纪小的也有样学样地抓起小石子或沙子漫天撒。老师们先是吓傻了，继而一拨护着刘有才往三层教室里躲，一拨挤进学生堆里生怕孩子们受了伤。连绣看见一位刚入职的民办女教师，冲进了女厕所，舀了一盆粪水，直接浇到刘有才只剩几根头发的脑门上。护着刘有才的那几个老师，呜嗷一声，全散了。

  杨文藻在月夜里仰着脑袋数星星。

  也是这样一个近乎满月的夜里，他的娘病死了。至少大哥是这样跟他说的。幼时文藻一哭着喊娘，九岁的大哥就学起女人哺乳的姿势，两只手把文藻揽在怀里，指着天上的月亮，说娘和嫦娥都在满月里吃糖酥。二哥趴在一旁的一只破篓子里。他不哭娘，只是馋糖酥。

  文藻自小就知命苦，却从来不敢喊苦。他若是苦，那大哥、二哥算什么。他已经深刻地领悟到：有人生而富贵，有人生来贫瘸，有人生来健康，有人生而残疾。命运只是一场偶然。命运其实全无道理。幸运的人不信命，幸运其实也在命里。不幸也在命里。可就这么认命吗？大哥不认命，谁都说杨家老二、老三活不了，他敢和阎王抢命；二哥认命，八岁起跟着人做工，二十余年来从未有半点怨气。他杨文藻，是该认命还是不认命？

秋杨的两颗心正战争着。一颗是怜悯，它有心靠近，要给他一些安慰；一颗是爱情，它往远处拉扯，不敢靠近。怜悯问爱情，你既然能体谅连绣，怎么就不肯放过文藻？爱情摇摇头，说，我这颗心，讲不出道理。

她这样天人交战了几日，还在僵持着，文藻却轻轻来敲门。他右肩扛着一个红蓝格子相间的大帆布袋子，用极柔软的声音说："我要跟着村里的男人出去做工了，他们说在大城市能赚不少钱。"才说下一句，文藻满眼的血丝涨得更红了。"家里和儿子靠你辛苦了。"秋杨望着他，两股泪像宣堡村那条终日不断的溪，无声无息地往下流。两个人两两相望。好长好长，好久好久，流水枯竭了，秋杨惨白的脸上只剩下两条干涸的河床。秋杨忽地就泛起一股冷笑："你何时走？"文藻被这冷意凉了一下心。"下午就走。""去多久？""说是先要半年。"秋杨又一声冷笑，瞳孔像只鹰，她死死盯住文藻的眼："你是这样的。你的事从来都与我无关。你永远都是这样的。"他的心已经乱透了。他没有多余的力气再看她一眼，一眼都不行。秋杨就这样盯着他许久。好长好长,好久好久。她把门关上了。没有离去的脚步声。只听见很低很低的声音从门缝里溜进来,像一块石头砸进了几百年前的枯井。"以前的事,我对不住你,秋杨。"天知道过去了多少秒。脚步声离去了。门里"啊啊啊"地只一个女人在哭喊,单腔单调,无止无休。

两个走不出明天的人,都死在了过去。

7

半年缓缓而逝。杨文藻没有回来。一年又溜走了,他音信全无。

村子里同去的五个男人,余四个都回来过年了。杨文民去打听,才知他们和文藻在汽车站走散了,谁也没有他的消息。秋杨一下子就衰老了,和昙花一下子就谢了那样。命运有时就是一下子的事。以前她是不信的。

意夫五岁这年,连生了几场大病。吃什么药都不好。村里的赤脚医生、县里医院穿白大褂的大夫只是无奈地摇一摇头,有人风言说杨家要给孩子准备后事了。杨文民不知从哪儿听到了这句话,向来老实的他冲进人家院里把人打了个半死。邻居马婶来给孩子送一碗羊奶，说："要不找环姑算算。你们读书人不信这个，可有些事，信比不信好。"

秋杨就像抓住了一根救命稻草。都说迷信用来救苦救难，不深陷苦难里的人，谁也体悟不了迷信的意义。杨文民和秋杨抱着意夫就去了。环姑是宣堡村有名的神婆，七十多岁了，精瘦剔透的，像一块蜜蜡。她慈悲地看一眼文民怀里的孩子，慈悲地用手摸一摸孩子的额头，慈悲地叹几口慈悲的气。她慢悠悠地拿出一面镜子，又掀开一扇绣着白鹤的靛青色门帘，走进里屋。秋杨紧闭呼吸，往里偷看一眼，一尊不知是什么的神像前供奉着几颗血红色的蛋。环姑取出一颗来，又端出一个碗，碗里是杏黄色的汤汁，命文民给意夫服下。文民紧张地看一眼秋杨，秋杨点点头。病恹恹的意夫被灌下汤药。

环姑叮嘱众人都退后一米。马婶慌张地张开手臂把几人拦后，母鸡似的。环姑这才行法。她的嘴巴上下翻涌，念出排山倒海的咒语来。旁人一个字都听不懂，却生生也被震慑住，谁也一动不敢动。大家的眼全都长在了她薄薄的嘴唇上。不消片刻，众人皆瞠目结舌，那颗血红的蛋，竟直愣愣地立在那清亮的镜面之上了。人们正惶惶着，神思尚未清醒，却听见意夫"哇嗷"一声吐了出来，秋杨煞白了脸，文民不知所措。环姑把孩子接抱过去，拍拍他的后背，又哄了片刻。意夫微微睁开眼，轻唤了一声"二爹"。文民满脸的坑坑巴巴满脸的泪。意夫病好了!

文民正拉着秋杨要行大礼。马婶却先发了问:"这孩子的病是从哪里来的?"环姑沉沉叹口气,说:"孩儿他爹想他了。"大家扭着一双眼看文民。环姑说:"不是他。是他亲爹想他了。"众人这才大悟。马婶又小心地探过头问:"文藻没了?"环姑把孩子还给文民,抬起右手的拇指掐了掐食指,咕囔几句神语,说:"走了三年了。"大家面面相觑,心里都跟出海的船打了浪似的,一波滚着一波。秋杨只发怔了一秒,脸上的肉全挤到了下眼皮,哭声震碎瓦房。

文民给文藻做了一个衣冠冢。五岁的杨意夫替这衣冠冢守了三天三夜灵。杨建国坐在轮椅上,在碑前洒下一杯酒。文民摆满弟弟幼时最爱吃的焦糖酥。"老三你放心去吧,老二把一家都料理得很好,你先去看爹娘,不要再回头。"杨建国坐在秋风里。秋杨感受到杨建国这句话里充满意味,她抬头看一眼大哥。杨建国回过头看了一眼老二。山间雾起了,白霭茫茫。

又到了春天。野地里的猫发情叫春了。云娘问秋杨打算怎么办。秋杨继续揣着明白装糊涂。云娘斜睨她一眼:"我顶看不上你这凡事要好的道德劲儿,衬得我们都没良心。"秋杨被她逗得笑开眼:"哪个敢说你没良心,我看你浑身只剩这一颗七窍玲珑心!"说着两个女人便挤在一处相互搔痒,累了双双倒在草地上。云娘枕着草地望着天,天上的白云一团又一团。"说真的,你还爱他吗?"秋杨歪起头来也看云。"小时候把爱情看成天,一直活在幻想里。只要有了杂质,哪怕一点点,就算不得爱情。是我先爱上的文藻,他爱我,我没有怀疑。可他爱我多少,我却给不出答案。他消失的这些年,多少个夜晚啊,我整个人陷在这一个问题里反复纠缠。可云娘,时间比爱更残忍。经历了许许多多的事,爱情这个词,连着这个人,你都不相信,就像宣纸上洒着水,渐渐混沌一片了。不知道从哪一刻起,曾是天大的事,我竟全忘了。"

云娘眯着小桃眼看秋杨。"不怕你笑话,你说这些,我都羡慕你。"秋杨疑惑地望着她,云娘凄然一笑。"像我这样的人,早知道自己的命。要是有人爱我,不管几分我都甘之如饴。"秋杨便逗她:"你书没读几本,活得倒比谁都深刻。"云娘骄傲地抬抬眼皮:"残缺的人活着,天天净琢磨着这些狗道理。"秋杨又要嬉闹着去挠她的奶,云娘扮起正经推搡着,自顾自地说:"这样也好。你才三十几,总不能一辈子守活寡。文民对你有多好,是个人都看在眼里。何况意夫生下来就把他当亲爹,我本不愿说这个,女人不该为了孩子活。"云娘看那天上飞云又幻化成城堡,却又说:"可这样又有什么不好呢?"秋杨盯着流云变化万千,谁能说哪一朵注定该是什么模样。她乌黑的长辫早已剪去,黄白的杂发在耳鬓生起,她脑海里勾勒着二哥的模样,却怎么画也画不清晰。一瞬间,她想起一次半夜醒来，见院中一角燃起点点星火，滚滚烟气，她轻轻前去，只闻阵阵喘息，探头一看，却见两盆沸腾滚水中，一男子赤身裸体，水光似粒粒金珠，点缀满身。大哥杨建国那清瘦的脸噙着一双汹涌的眼凝固在她面前。秋杨吓得"呀"一声低喊，匆匆退回房里。

秋杨匆忙用力晃晃头，这荒唐的念头和天上那些流云瞬间都散了。云娘问她摇头晃脑做什么。秋杨摆过脸。"我只是在琢磨，我究竟是该为自己活，还是该为意夫活。"

又几年过去了。宣堡村变了一些模样。有钱的人多了，进城里的人多了，年轻人少了，老的人多了。人老了就活得多少更明白些。秋杨和杨文民再婚这件事，村子里竟一句非议也没有。老话说肥水不流外人田，弟妻兄娶，在有上千年历史的宣堡村，这也不是头一件了。况且老实巴交的杨文民，保姆似的把孩子拉扯大，地里干活扛在肩头，夜里睡觉抱在手心，杨文藻活着，也未必能做到如此。人心都是肉长的，闲话也有底线。

这几年也发生了一些解脱事。云娘的男人喝醉了酒，又与人起冲突，被那人拿只酒瓶子扎了脖子，扎死了。对方的娘来求情私了，一进门就扑通一声给云娘跪下来，说家里实在穷，只能赔两千块。云娘点点头，把老人家扶起来，分文不讨还。

8

日子经不起计算。转眼意夫十岁了。十岁的意夫对什么都好奇。这日他下学回来，兴冲冲跑进厨房里，秋杨正在颠一道青椒炒鸡蛋，意夫扯着她的衣角，死活都要拉她到院子里看一眼他养的那对兔子。秋杨嗔怒着："真是让你二爸给惯的。"意夫总是唤文民"爸爸"，文民却次次纠正他要喊"二爸"，秋杨便也不好改口，可这"二哥"每脱出口，两个人之间就总多出一个人。

文民在集市上给意夫买回一对雪白、肥嘟嘟的兔子。意夫就有了自己要照养的孩子。日日放学回来，头一件事便是喂兔子。文民放工回来，总喜欢蹲在墙角嘿嘿傻笑，指着意夫说："娃将来长大了，肯定也是个好爹。"秋杨斜睨着二人，心想嘴笨的人夸起人来简直毫无章法，爷俩却挤在一处笑得更天真。"妈妈你快看，大白这两天总欺负小豆子。"意夫拿着一根木枝便往笼中捅。秋杨见那肥硕一些的雄兔，正压着雌兔交配呢！秋杨皎白的脸通红，正不知该如何向儿子解释，意夫却稚声稚气恨恨着说："那个坏男人就是这样欺负云娘的！赶明儿我要找个大棍子，打死他！"

秋杨火烧火燎地往云娘家赶。正到了院门口，迎头走出来一个陌生男人。这男人秋杨在集市上见过一次的，一个年约三十岁，来登州做海货生意的外乡人。他一根葱一样的鼻子笔挺地插在黝黑的脸上，一双眼睛滚溜溜的，见谁都尽是水光。他眼缝里噙着蜜似的冲秋杨点头一笑，笑得她竟有一些莫名心慌。

云娘四肢摊开仰躺着，像一条死了的八爪鱼，浑身轻飘飘的，浮在海面上。她见秋杨来了，身后垫起一床薄被靠到墙上。她眉眼的春光溢出来，瞥向哪里都要燃起一蓬蓬浓香。"你这是要做什么？你们认识多久了？"秋杨轻手轻脚坐到炕沿上，缓了口急匆匆的语气。"他要是欺辱了你，你只管和我说。"云娘仍是痴痴的模样，她痴痴地端望着秋杨，半晌，她直起身子说："秋杨，你不知道。我跟坐船一样。""你是吃错药了，什么跟坐船一样？""就是那事。"她两条腿忽地缠到秋杨腰上，躺下身子，做出些风流样。秋杨一个蹦高从炕沿跳下来，她一只腕子上挂着一个镂空银镯子，铮铮锵锵地飒飒作响。"云娘，你平时爱胡闹，现在是真疯了！"云娘玩味地看着她，"嘁"的一声作媚一笑。"秋杨，你是真不知道？那感觉真是要死了，我在海上坐着船，一浪高过一浪。"秋杨转身便要走。云娘爬到炕前拖住她。"秋杨，我可怜的秋杨，你和杨家老二这么多年，他碰过你几次？杨文藻已经死了，你们背着一个死人讨生活，这样的日子到底图什么？"秋杨闻声止住了脚，心里先是炸出了一连串惊雷，紧接着鼻子不禁一酸，许多委屈却是没法诉的。秋杨稳了稳情绪，转过身来，伸手去抚平云娘鬓角挂下的几丝碎发。"可是你想过没有，他一个生意人，只是过客，你们萍水相逢，他图你什么？你又能图到他什么？"云娘把千变万化的情感收拢好,淡淡地说:"他图什么我不计较。他若只把我当玩物,我就不能把他也当取乐的东西吗?他给了我快乐,给了我高潮。秋杨,不伤害别人的欲望有罪吗?"

有罪吗?喷薄而出的欲望提醒着一个作为肉体的女人应该前往的方向。她有罪吗?

秋杨这些天,日日盯着那对交配的白兔想。她算是看透了云娘。云娘铁了心要不管不顾地爱、轰轰烈烈地活,哪里管众口铄金,积毁销骨。可她看透了云娘,能看透自己吗?生命深处的情欲向她呐喊。一群蚂蚁在她心尖反复蹂躏,密密麻麻,麻麻密密,爬得她失魂荡魄,提心吊胆,躁动难安。

这年杜鹃花才初开几朵,云娘匆匆折了几枝来送秋杨。她穿一件月白洒朱砂薄纱旗袍,脖子上坠着一圈镶霓虹碎琉璃项链,蹬着一双银灰牛皮高跟鞋,走起路来一跛一拐,更显疾重了。秋杨用眼角扫了她两下,不禁觇视了起来。云娘脸清瘦,面皮挂着骨头,只一层薄肉,风一过,脸如湖面,水波荡漾。她鼻子略扁,嘴唇寡薄,但一口齐垛垛亮白的牙齿,搭上一对乌光水滑的眼睛,也飞扬出不少天真。可她实在不适合这样隆重的装扮。秋杨不明所以,几番欲言又止,又知不是所有真心话都该说出口,有些言语是匕首,说了就伤人心。可秋杨也不能什么都不说,她故作轻松地调侃:"王母娘娘你这是要下凡?"

云娘独倚门楼，轻抚耳鬓，拿起腔调，愈发佻达。"自然是去会玉帝，见我的情郎。"秋杨又问："你们不是常私会，怎的今儿他是要娶亲？"云娘扑哧一声咧嘴笑："真叫你说中了，秋杨，我不和你闹，我要跟他去一趟他的家乡。"

秋杨陡地正色起来，一把扯过云娘的手，云娘哎哟一声，真有些疼。"你说你不图他什么，只求一个欲望，我懂。可你现在又是为什么？"云娘垂下脸，缓缓道："女人就是这样。身体一旦得到满足，就会生出枝繁叶茂的情感。我控制不了自己，秋杨。我想跟他去，他对我笑，他说愿意。"秋杨心里不是滋味，隐隐有作别的酸楚。"我也不该说你胡闹，可是你们才认识多久，你就信他？"云娘眈起眼，两只手托住秋杨的一双手。"你想什么，我都知道。你不忍心说出的话，我也知道。秋杨，我和你不一样。我生来残疾，长得丑陋，一个苦命女人该占的，我全占上了。可是秋杨，我不认。"

秋杨被她这一番话说得像蜜蜂蜇了心似的，正不知如何安慰。云娘又说："人这一辈子，就是自己哄自己高兴。我要是连自己也看不起，能指望着谁救我？"她眸子里闪过簇簇火花。"宣堡村这么多女人，你也看到了，情愿不情愿地活成生育的机器，像动物一样在这个破烂的村子里周旋着，苟且着，多活一天算一天。这样活着本身就是活着最大的痛苦。"云娘眼里的烟火腾空而起，她捏疼了秋杨的手，"秋杨，可怕的不是我被困住了，而是我知道我被困住了。秋杨，你懂我，我怎能忍受。"

云娘的娘，以前有个爱过的男人，云娘儿时见过他一面，他温柔得很。不像云娘的丈夫，是个禽兽。云娘常梦见那个男人的背影，看不清他的脸，他只是走在前面好远，有时是云娘唤他，有时是她娘。他总回过头，冲她们极温柔地笑。云娘做了一辈子的梦，要爱上这样一个人。如今他出现了，她要赌一把。

秋杨便不能再劝她。他们坐船走。秋杨带着意夫相送到码头。送别的人群熙熙攘攘，滚滚洪流。碧蓝的海上浮着星辉万点，云娘挽住男人的臂膀，那一身月白洒朱砂旗袍在日光底下渐迷人眼，风一起，云娘周身游荡起来，风华蹁跹。

无尽的海，都是她的梦。

数月之别，某日午后，秋杨正躺在院中软席上小憩，却做了一个悠远的梦。梦里云娘赤裸着身子朝她款款走来，只鬓边别了一枝泣血的杜鹃花。秋杨说："我这正睡着呢，好好的你不穿衣服，又要来吓我一跳。"云娘笑吟吟，一声也未言语，只是飘飘然摘下那一枝开得正艳的杜鹃花，送到她手上。秋杨心觉云娘甚有诗意，便也吊吊嗓子做出戏的腔调。她唱："一晌贪欢身作客，女儿痴情何时归？"云娘捂嘴笑。秋杨倚姣作媚，娇嗔一声："何时归？"云娘回眸又笑，全无理睬，翩翩然去了。秋杨气恼，正要大喊，身子却被人推得摇摇晃晃。

二哥惶惶恐恐站在她身前。"云娘死了。许多人见着，她脱光了衣服，在船上跳海自尽了。"

那个男人喝醉了酒，拿一把鱼叉插进云娘那条跛腿里。

一个女人，她没能从一个村庄逃到另一个村庄。

9

宣堡村的夏天从未像今年这样喧闹过。云娘走了，可她院子前后种的那些六月雪、百合、月季、凌霄、玉簪、葱兰、金丝桃、九里香、花叶芋……却分不清前后地次第开了满地。秋杨常被这些热闹召唤到这里，她一来，那满园子的鸟雀、蜜蜂、粉白和鹅黄的蝴蝶就都去了，留下辽阔的孤独。秋杨捂住胸口，她感受到这孤独正在她身上钝钝地下刀，留下缓缓的疼痛。

秋杨的伤口还未愈合，宣堡村已入深秋了。深秋的那棵大杨树落叶簌簌，树下人群奔走相告，连绣杀人了。

连绣的女儿合欢十五岁了，正随着连绣在县里念中学。

合欢肩细颈长，瘦不露骨，眉清目秀，顾盼流离，虽不过及笄之年，却已峰谷错落，情态缠绵，出落得亭亭玉立，颇有一副美人在骨不在皮的丰秀之姿。连绣这些年，把合欢像祖宗一样供着,又像犯人一样控制着。合欢到了中学,情窦初开,女同学间相互传着一些言情小说,传到了合欢这里,连绣看见了,她不由分说,转身到厨房拿出一把剪刀,当着合欢的面,一刀一刀剪下去了。几本小说剪得渣渣碎,落成一地死屑。惊恐撕咬过合欢的每一个表情,她看见连绣扭曲的脸,母女两人双双惨白着,像两具女尸。

连绣这些年在县里租着一间旧房陪读,房间矮小,抬手就能够到房梁。合欢格外感到窒息,以功课繁重为由闹着要住校。连绣在龙家中学做会计,她私下一打听,头几名的孩子都住校。还有什么比合欢的前途更重要,她赶紧把合欢送去了。

合欢平日里住学校,这天是周一,她掩着脸面跑回来,连绣下了班,回到家,摸黑开了灯才在床上看见她,她的眼睛肿成了两粒核桃,泪尽干了。连绣紧张地摸了摸合欢的头,以为她病了。合欢又哭起来。连绣晃着她胳膊,问:"你到底怎么了?"合欢哇一声,泣不成声地说:"午休的时候校长把我叫过去,我刚进门,他就把手伸进了我裙子里。"连绣身上的血液一瞬间就凝固了,她死死地盯着女儿的脸。"然后呢?"合欢扑倒在床上,抱着枕头呜咽:"我吓蒙了,根本不知道发生了什么。他摸了好一会儿,又要脱我的裙子,我这才尖叫着跑出来。"

连绣拖过一把涂成沥青色的椅子,呆呆怔怔地坐着。坐了十几分钟,她起身去了厨房,咣当咣当的剁肉声、切菜声,她做了满满一桌子菜,才进里屋跟合欢说:"你起来好好吃饭,妈出去一会儿。你放心,妈会给你一个交代。"

连绣骑着一辆灰白色女式自行车,去了刘有才城里的家。刘有才住一栋三层小楼,仿西式建筑。连绣在楼下看,三层华丽的水晶吊顶灯都亮着。她敲了门。开门的是他老婆。女人热情地欢迎着,扭头朝屋里喊:"老刘,连绣来了!"刘有才隔着门缝往外看,脸上蒙了一层微妙的惊恐。连绣干巴巴的脸皮上堆满了笑。刘有才刚刚的惊恐瞬间幻化出许多轻蔑。

连绣换了拖鞋,走进里屋。一盏盏水晶灯冰葡萄似的垂吊着,连绣下意识地紧了紧自己右膀的挎包,生怕里面那把寒刀闪出刺眼的颜色。刘有才带连绣进了书屋。不过几秒,就听见一声号叫,紧接着便是"噼里啪啦"陶瓷花瓶碎了满地的声音和男人女人交杂混沌的号啕。刘有才的太太疾步冲了过来,打开了门,瞪着一双滚圆的眼看着满地、满墙、满书架的血。刘有才两手捂着裆部,倒在书架一角的血泊里。连绣手里拎着一把杀鸡的菜刀,满身红光。

刘有才失血过多,虽抢救了回来,下面却被彻底砍掉了。他成了一个废人。消息迅速就在宣堡村、龙家中学乃至整个登州传遍了。登州从此多了一号新人物,刘太监。

连绣被判刑七年。

秋杨来探视她。连绣面色清寒:"你怎么会来?"秋杨睨了她一眼:"云娘走了。我在宣堡村就你一个朋友了。我来你很意外吗?"连绣破颜而笑:"我可不敢攀比你。我没想过你能来,但你来了我高兴。"秋杨见她竟这般轻松,自己的心也不再扭捏。"你做人做事处处刚烈,可这件事你怎么这么蠢呢?你进来了,合欢怎么办?""我那时没办法。"连绣低了头,"我没保住我头一个孩子。我的孩子被打掉了,我爬起来,披头散发地当着我娘的面起誓,谁敢再动我孩子,舍了命我也要杀他。我娘那时吓得,盯着我的眼,好像我不是她生的,尿都流出来了。"连绣又抬起头,淡眉斜拉拉地狰狞,"我为了合欢,这些年来任凭刘有才糟践我。天杀的他这个禽兽,我不剁了他那脏玩意儿,我就当不起合欢叫我一声妈!"

秋杨活到现在,深感命运神奇。她怎么会喜欢连绣这样的狠女人。她的脸上不禁浮上一抹淘气的笑。连绣见了,翻了白眼。"我说你怎么这么好心,原是特意来看我的笑话!"秋杨抹抹嘴,笑得愈加不避讳。"我是觉得你这个人,真是没心肝。你就不怕死吗?"连绣赶紧眨巴着眼,脖子往前凑了凑:"我跟你讲,我听一个女犯人说,现在死刑犯不枪毙了,改打针。一个新入职的警察都哭了,说他打小的理想就是枪决罪人,维护正义,他不是来当护士的。我笑死了,他小小年纪,哪里知道,监狱里哪儿有真正的罪人,人间哪儿有真正的正义?"秋杨抿了抿嘴,叹口气。"所以你要冒充老天爷,来断善恶吗?"连绣这时眼睛亮起来。"冒充的不止我一个。刘有才的老婆在门外磨蹭了半天才报警。她要是早点打电话,或许那畜生的命根子还能保住。"

时间到了。秋杨得走,说还会再来看她。连绣这时怯怯地叫了声"秋杨"。秋杨回过头,说:"你放心,我虽比不得你,但也能照顾好合欢。"连绣戴着一双镣铐下了跪,连磕三个响头。

秋杨带着合欢和意夫去扫云娘的院子。秋天的落叶撒了满地,处处萧瑟。意夫拿着一把笤帚,扫得认真。他把枯黄的叶、纷乱的草,堆成一座小山。地上很干净了,光洁如洗。这时合欢放下笤帚,走到一棵猩红的枫树下,轻轻把树又摇一摇,两三片叶子在空中随风旋转,晃晃荡荡落下来。秋杨远望着,恍惚又望见一个娇小的云娘。她问合欢:"这是在做什么?"合欢满目恬静。"长满青苔的小路,缺了一角的瓷碗,枯寂留白的山水,干妈,你不觉得人要是不去事事求一个完美,这样留些遗憾地活着,更美丽一些吗?"

斜阳下,尘风里,秋杨细细体味着合欢的话。这哪里是一个十五岁的孩子能说出来的话,她深感自己并不如合欢活得明白。她兴奋地要将这些话写下来,写给连绣。写着写着,她望向时间的远方,又兀自为自己轻视一个年轻的智慧而深感羞愧。

10

　　黄昏的时候，秋杨见一大轮沸红的太阳要落山了。滚圆猩红的太阳，像一只巨大汤圆似的，空悬在群山之巅。她想起云娘的那句话："可怕的不是我被困住了，而是我知道我被困住了。"秋杨掐着自己布满了细纹的手，暗自揣摩，落日被这山峦困住了，云娘被情欲困住了，连绣被母性困住了。她们好似她身体里的两个部分，一个女人被两种女人在岁月里反复拉扯，扯着秋杨一辈子过得摇摇晃晃。

　　不过两分钟，刚刚绚烂夺目的太阳便消逝不见了，赤条条无踪影。人生苦短，昼夜交替。秋杨没来由地感到悲伤，为这落日，为了自己。

　　秋杨终于下了狠心。她只开口说了头一句："你放心，意夫永远是你的儿子。"文民瞪着她，噙着泪就笑了。秋杨望着眼前这个满身伤疤，却不见流血的男人，心口锥扎一样疼。她常常思忖老天何以对他如此残忍，如今这又一刀，竟是她割下的了。她把头埋进他瘦骨的怀里，深深啜泣，文民又哭又笑，脸上的褶子就有了千沟万壑。"不要哭。原是俺配不上你。"

　　秋杨成了宣堡村第二个离婚的女人。

　　这年中秋，天并不清明，云层重重叠叠，一时无月亮可看。

宣堡村的人依然如千百年来他们的祖先那样，依傍在杨树下，溪水边，吃饼、弹曲、闲话。村民四五人，吹奏笙箫，间伴胡琴声，咿咿呀呀。人们正说话间，渐渐望风扫云开，月亮涌出云海来。溪上有风吹过，河涧两旁野花盛开，光影流离，暗香浮动，蝉鸣声声入耳。

月光下，迎面而来一个乞丐。他一头蓬草长发，几近看不清人脸。他背似一把弯刀，肩扛一根黝黑木棍，挑着一卷乌漆被褥。待他走得近些，只见他面色焦黄，几块头皮秃了瓢，凸起一片片包，跟很多黄豆粒子长在头顶上似的。众人目瞪口呆，一个胆大的中年男人跨步上前，摸了摸他枯瘦的臂膀。"文藻，你活着？"鸦雀无声的人群炸开了锅。马婶嘴里念叨"作孽啊作孽"，她颤颤悠悠抖着身子，急慌慌去找杨家老二。

隔日村里便得到消息，杨文藻是被警察解救回来的。他被蛇头骗进挖矿石的黑工厂，挨打挨骂，困了十年。当地警察打黑，一锅端了数十家非法矿场。警察问他是哪里人，文藻指了指地图，回家了。

警察说杨文藻这些年被人打得有些痴傻。秋杨晃步上前，她伸出一只手，摸了摸文藻的额前。初相识时她痴恋的那道褶皱，自他的头骨到眼眉之间，已被风雨雕刻成了一条深深的天堑。秋杨望着他，叹文藻年幼时，家徒四壁，贫穷厄苦，无所凭依。至少年郎，姿仪俊朗，性格直爽，落拓不羁，虽多优柔，有女儿心气,却不失深情重义。时年少,二人不懂情爱为何,常多龃龉,秋杨又任性执着于天真无瑕之爱,渐发心灰意冷。又一别十年,聚散离合,生死两茫,再相见,早已物是人非。

这个夜里。她恍惚走进一个梦。

雾霭渐渐消散,一个偌大的园子,月亮照得哪里都是淡白的天光。一个个人,自她面前凄静走过。她瞧得清楚,里面有她的小姨、爹、娘……她匆匆上前,去唤娘,娘却继续凄凄地走。万籁俱寂,空谷回音,只听见四面消失的墙,处处唤着一声声"娘……娘……娘……",秋杨不伤心。她飘着步子走。一丛丛人,愈发白,愈发多,往园子里走的,只秋杨一个。秋杨不怕。忽见一座三孔石桥,横跨在清溪之上,一翠叠嶂立在桥头,绿竹细细,凤尾森森,隐着一座泥砌的石院。院门口,文藻双目含情,垂手而立,她正要过去,倏忽之间,他已消散不见了。秋杨怅怅然。再往里去,院内绿窗油壁,文民正卷着一席薄被在门外酣眠,秋杨想要唤醒他,脚下却已自他身上迈过了。

屋内陡然灯火通明,中有一大池,沸水滚滚,烟火缭绕。秋杨燥热难当,褪去衣裙,款步其中。忽闻阵阵喘息,回首一看,只见一男子赤身裸体,水光似粒粒金珠,点缀满身。她忽生一种渴望,愿他触摸她的脸,她的眼,她赤裸的全身。他瘫痪的双腿猛然站立,以战士般的英姿朝她走来。那清癯的脸噙着一双汹涌的眼凝固在她面前。

一个女人一生注定要犯一个错误。秋杨知道，它来了。在肉体交欢的这一刻，他们成了原始的兽、温存的人。两个四十多岁的人，有了第一次性的高潮。这真是活着最大的感动。

梦惊醒了。

压抑的欲望不会消失，它蛰伏在人心深处，酝酿成一种病态，等待着以灾难的形式坍塌。秋杨喃喃地问："云娘，是这样吗？"云娘鬓边别着一枝泣血的杜鹃花，她飘飘然摘下一朵递给她："走吧，你该有更自由的梦。"

秋杨要离开宣堡村了。宣堡村的杨家三兄弟，又回到儿时那般，孤零零守在一起。

如今的宣堡村，一代代年轻的农家女正纷纷离开土地。秋杨四十几岁了，她决心和她们一样，离开村庄，将人生抛进一座座陌生的城市。她知道，未来的痛苦与希望，也许一样多。

正是初秋，月亮爬上来，露出半张美人脸。今晚的月亮，五千年前已经有人为它哭泣过。

Under
the
Heavy
Snow

大雪之下

——

苔花如米小
也学牡丹开

《苔》
袁枚

命运的看法比我们预想的更准确。我们只是随着生活的河流漂荡,什么都没有做,却似乎再也控制不了自己的人生了。

肆 大雪之下

I

我走在乡间小路上，春末夏初，空气里都是青草拔尖的味道。阿宝课上打盹，被老师留下来补课。我便只能独行。我与阿宝自小都没有父亲，两个没爹的孩子，心理都早熟，比起同龄的男孩子还在一起玩捉迷藏滚泥巴的幼稚游戏，我与阿宝的相处颇有些相依为命的意味。

说我们没有父亲，多少是有些怨恨和夸张的。我的父亲去了外地打工，可自我记事起，却从未见他踪影。问母亲，母亲只是沉默。我问不出个所以然，便也知趣，渐渐不问了。后来母亲又嫁给了父亲的哥哥，我唤他二爸。二爸视我如己出，我面子上多少可以装出有父亲可依仗的气势，可心里依旧是空落落的。我想自己的父亲。阿宝是村里卖豆腐家的儿子，他处境比我还可叹，父亲常年在矿山里挖煤，村子里又一个男丁宗亲也没有，全靠他母亲一个女人做豆腐为生。我与阿宝，平日里走在路上，一些年纪大些的孩子，总要平白无故地往我们背后吐唾沫，或是扔石子，骂我们是野种，欺辱我们没有父亲。我受了欺侮，多半沉默，阿宝比我瘦小，却回回都要奋力反抗，我很羡慕他的勇敢。到了

133

上学念书的年纪，我总下意识地跟在阿宝身后，他也很开心每日与我一同上学、下学，日子久了，我们便成了一对比亲兄弟还亲的人。

我们每日下学回家，都要经过村子东头的一个水库。这日傍晚，我独自走在熟悉的青草路上，和煦的晚风里夹杂着那么一点微凉，舒服极了。雨后晴明，能听见水库岸边的阵阵蛙声。我被这充满生机的蛙鸣所打动，心生出一种天真的烂漫，脚步也跟着雀跃起来。我正畅快地在浅草中走着，却见三个十四五岁的少年从一侧的草丛中"嗖"地闪现到我面前。我认得他们。以前冲我扔过石头的。我停下脚步，心里有些发慌，不自觉地转过头往回看，好似期待阿宝能立刻出现在我身旁。他们坏笑着，人性的猥琐在少年纯洁的面庞上显得格外狰狞。那个矮矮胖胖的男孩走到我面前，他推搡着我，一路将我推向池塘边，想要把我推到水里去。我被吓坏了，一直求饶。领头的那个大一些的少年说："你跪下来，叫我们一人一声爹，今天就饶了你。"我咬着紫红的嘴唇，却不说话，也不求饶了。那个少年露出一副玩味的表情，戏谑地"嗨"了一声，另两个人恶狠狠地盯着我，发出一阵阵令人憎恶的狞笑。忽地一个人伸出了一只脚，一脚踢到我扁扁的肚子上。我猛地颠了两下，向后打了个趔趄，又不屈不挠地站住了。那人见状，又凶狠地补上了一脚，我这才扑通一声，栽倒在地上。那是一个陡峭的山坡,我控制不住地顺着山坡往下滚,三个少年吹着口哨,跟在我身后一路狂笑。到了水库边,他们作势要把我扔进水里,我这才忍不住了,号啕大哭起来。我说我不会水,求他们饶过我。他们却像嗜血的野兽,愈发地疯狂。带头的那个大些的冲另两个人使了个眼色,他俩竟一人扯着我的两条胳膊,另一个人扯着我的两条细细的腿,在空中使劲儿荡来荡去,晃了好几个来回,才"嗖"的一声,将我扔进水里了。我大声嘶叫着,像一只溺水的小猫,在水里狂乱地踢打挣扎,一根救命稻草也抓不到。我眼见着这一切,心脏扑通扑通地狂跳着。我仿佛被一条毒蛇咬住了喉咙,呼喊声越来越小。我好像感受到了死亡的味道。我的身子马上就要沉下去了。我心里想的是父亲,嘴上却唤了一声:"救我,阿宝。"

这时一个影子猛地一跃扎进水里,我睁开眼睛,看着模糊不清的世界,是阿宝!阿宝死死地抓着我,等他把我拖到岸边,我已经睁不开眼,呼吸极微弱了。那三个少年见状,这才慌张起来,吓得四处窜逃。阿宝使劲儿按着我那瘦得摸得到骨头的胸口,好一会儿,我才活了过来。

当天深夜,过了两点多,整片村庄都睡熟了,只有月亮和星星很清醒。村里突然响起一阵女人哇哇大叫的哭喊声,紧接着整个村子都乱套了。我与母亲也被这哄闹声惊醒了,走出门外,只见村东头蹿起了滚滚浓烟,大火烧得天一角血红。起火了!第二日一早,村民们议论纷纷,我才知道是昨日傍晚那三个欺负我的少年,家里全着火了。我缓过神来,慌张跑去问阿宝,是不是他做的。阿宝露出傲然的表情,眨巴着一对黑汪汪的眼睛,忽又狡黠一笑,一对酒窝绽开两朵神秘的花。他什么都没有说,只是搂着我的肩膀,将我抱得更紧了。

2

阿宝的母亲是做豆腐的。我和阿宝熟络以后,常去他家玩耍,有时也帮着阿宝母亲一起淘豆子,做豆腐。阿宝母亲总是夸阿宝,说这做豆腐一半的功夫都是阿宝替她分担的;又说对不起阿宝,有时忙到太晚,阿宝睡不好,第二天就会犯困,课堂上跟不上。阿宝母亲常说,穷人家的孩子,读书是改变命运的唯一一条路。我功课好,总考第一名,她极愿意我与阿宝多待在一处。她有时忙着忙着,会突然放下手里的活,一脸虔诚地向不过十岁的我询问,能否多帮忙辅导阿宝的课业。我自然愿意,头点得像捣蒜似的。这时阿宝一张黑黑的脸在昏黄的灯光下会泛起一层薄薄的粉红。我冲他调皮一笑,他就羞得更腼腆了。

阿宝胆子大,心思却细,他挑豆子,哪颗豆子有虫眼,哪颗坏了芯,他都看得明明白白的。他将一袋子金黄金黄的小豆子哗啦啦地倒进铁盆里,发出叮叮当当的清脆声响,多么令人愉快呀。一大盆豆子,我和阿宝争着抢着,比赛谁挑的坏豆子多,不多久便拣完了。阿宝总是前一天傍晚就把一大缸的豆子泡好,泡上一夜,豆子便一个个怀了孕似的,肚子都变大了。第二日一大早,他把这一盆盆豆子洗好,再搓干净,一股脑全倒进大铁锅里,便开始熬豆子了。熬好的豆子放进石磨里转上几圈,一盆盆香甜的豆浆便流出来了。这些豆浆再用笼布一层层过滤好,便生出了许多豆渣。豆浆慢慢煮熟,再往里添上卤水,悉心地搅拌均匀,就开出一锅朵朵白莲般的豆腐花了。将豆腐花放入铺好纱布的模子里,压上那么一个多时辰,一整块结结实实又软糯香浓的老豆腐便出炉了。阿宝母亲说这做豆腐就跟做人一样,每一步都得老老实实,每一块都要本本分分,掺不得水,也贪不了工,做出的豆腐,才对得起土地里辛辛苦苦长出来的豆子。她讲这些豆子的道理,却句句都要问一下阿宝:"听到没有?"阿宝便一边笑着一边点头:"听到了听到了,再唠叨耳朵就要起茧子了。"

阿宝母亲说,做豆腐剩下的豆渣都是用来喂猪的。我的母亲却独爱这一口。将豆渣和着小葱、野荠菜一起炒,母亲说这叫小豆腐,满口绵绵密密,像五香味的糖。母亲有时来接我,阿宝母亲便将一大袋子豆渣都慷慨地赠予她,母亲开心极了,总要拿一些吃食做回礼。阿宝母亲却坚决不肯收,她与母亲说话,总是要先在围裙上擦净了手,口气极敬重。"意夫妈,我比不得你,有文化，能把意夫培养成个人才。我这辈子顶了天了，也只能给阿宝一口饭吃。可惜了阿宝这样一个聪明的头脑，跟了我们这样的爹娘，你若是瞧得起我们，多帮忙指导一下阿宝。"母亲笑着答："阿宝成绩也不差呀！他有勇又有谋，心也善，将来一定会有大出息，你就等着享大福吧！"两个母亲便笑作一团春花，动人极了。

阿宝母亲每日傍晚出来卖豆腐，不过一两个时辰，她一推车的豆腐便卖没了。她性子温和，见谁都先点头笑，豆腐做得又不糊弄，人人都爱来买她做的豆腐。

我从未见到她与人红过脸。直到有一年初冬，大概是十二月中旬的样子，我那时已经念小学五年级了，一天下了学，阿宝竟没有等我一同回家，我便去他家寻他。那天有太阳，不是很冷，白日里的风，是不骄不躁的温煦阳光里送出的两分惬意，可稍走一段路，风一落到人身上，骨头就被吹起了一层层寒战。我加快了脚步，匆匆疾行，快到阿宝家门口时，却远远见着院墙外围了一群的人。我不明所以，挤上前去，乡亲们你一言我一语，我才了解，原来是阿宝的亲叔叔在外发达了，回乡探亲，却说阿宝昨日偷了他家儿子两块钱。一家人来兴师问罪的。

阿宝母亲去学校把阿宝叫了回来，当面对质。阿宝噙着一双泪眼，坚决不肯承认。阿宝的弟弟，只比他小半岁，拖着自己母亲的手撒娇说："就是阿宝偷的，昨天只有他翻过我的书包。"他叔叔一听，不由分说便伸手扇了阿宝两个耳光。这时阿宝母亲也掉泪了，她问阿宝："我最后问你一遍，若是你偷的，你跟叔叔和弟弟道歉，花光了，我替你还。但你要是偷了还不承认，以后我就当没你这个儿子了！"阿宝瞪着一双大眼睛，咬着牙狠狠地说："我没偷！"他叔叔一只脚伸出来，又要去打他，阿宝母亲一把将阿宝揽了过来，护住了。她泰然说："我家阿宝说不是他，那便一定不是他。"阿宝叔叔这时有些恼羞成怒了，当着那么多乡亲的面，一张长脸涨得紫红。阿宝婶婶晃荡着一具肥胖的身子，添油加醋说道："他大妈呀！你也别护儿短。你看我们现在穿的戴的，像是缺钱的人吗？"阿宝婶婶这样说着，抬起一只肥白的胳膊，捋了捋一头棕栗色的卷发，手腕上露出一只碧绿的翡翠镯子，在日头底下闪出幽光。"这是两块钱的问题吗？这是道德问题呀！他大爷不在家，孩子是缺个男人管教。按理他叔叔是该收拾收拾阿宝了，三岁看大，七岁看老，这么小就学会偷东西，以后可还得了？"说着，她又挤眉弄眼地冲阿宝叔叔使了使眼色。阿宝叔叔被这么一激，上前作势便要去抓阿宝。这时阿宝母亲猛地从身后墙角掏出了一把铁锹来，指着阿宝叔叔说："今儿你要是敢打我儿子，我就跟你拼了！"阿宝叔叔先是一愣，继而勃然大怒，一个跨步上前抢走了阿宝母亲手里的铁锹，"哐当"一声扔到一旁，像拎一只鸡崽一般拎起阿宝。谁知阿宝母亲竟"啊"地大叫了一声，伸出两只手，发了癫似的往阿宝叔叔脸上挠。谁也没料到平日里温驯安静的阿宝母亲竟能如此狠厉，一众人你瞧瞧我，我看看你，一时乱作一团。阿宝婶婶见状凶猛地跑了过去薅住阿宝母亲的头发，三个人扭曲着身子撕扯在一起。阿宝见他母亲受了欺辱，"噌"地冲上前去咬住他叔叔的胳膊，毫无畏惧。我在人群外见着阿宝受了委屈，也拼了命地往里挤，冲进去咬住了阿宝叔叔的另一只手。阿宝见了我，咧着一嘴白牙灿烂一笑。我咬得更勇敢了！

也不知是谁的血溅了出来，邻居们这才纷纷上前拉架劝阻。这时阿宝那被吓傻了的弟弟站在一旁大哭了起来："别打了！别打了！是我撒了谎！钱被我弄丢了，我怕挨打，才说是阿宝偷走的！"

这件风波过去不多久，阿宝叔叔便与阿宝母亲断了往来。在这样一个小村庄里，失去了家族的庇佑，阿宝过得就更艰难了些。然而厄运并未就此放过阿宝一家。这年年底，阿宝母亲说是染了风寒，咳得厉害，她仍坚持每日出摊，一天她刚走出院子门口，却两腿一软，跪倒在地上了。乡邻把她送去了镇子里的医院，医生说恐是大病，得送去登州市里。阿宝母亲死活不肯去。还是有人通知了阿宝父亲回来，他好说歹说，阿宝母亲才肯去大医院检查，这一查，说已是肺癌晚期了。母亲带我一同到医院探望。我们好一番打听，刚走到病房门口，就听见阿宝父亲在屋里说："你别怕，我砸锅卖铁也给你治。"阿宝母亲却疯了一样，从一角的盆子里抓出一把小刀,扎向自己的脖子,说:"你敢动我阿宝念书的钱,我就死给你看。"母亲见着这一幕,慌忙进屋去劝阻。阿宝父亲愣了愣神,猛地一屁股蹲坐在地上,两手捧着自己那爬满了褶皱的古铜色的脸,任凭泪水纵横。阿宝冲过来抱住我,我也抱着阿宝,他躲在我怀里,嗷嗷哭泣。

才不过二十几天,阿宝的母亲便去了。医生说她夜里自己偷偷拔掉了医院给她插的管子。阿宝在家无人照料,终究是要离开登州,随他父亲转到青州矿区去念书了。阿宝离开村子的那天,天空里下着毫无生气的碎雪,落在土里,一地泥泞。我送他到村口,他与父亲坐上了一辆进城的拖拉机,我实在不忍见到那青红的冻脸上泪眼汪汪的模样,只得别过脸去,大力地挥一挥手。一阵突如其来的悲怆,千钧压顶似的陡然罩了下来。我只听见拖拉机发出一阵"咚咚咚"的燥热嘶鸣,掩盖住了阿宝一声又一声尖厉的呐喊,焦灼、凄切,渐渐消失在远方。

3

第二年秋天,我的母亲和二爸也离婚了。母亲一个人去了青州,她落稳脚跟后,回来把我也接走了。我也离开了故乡。

青州盛产煤矿，往来的南北客颇多，不少人怀着发达梦而来。母亲到青州后，却发现一个女人在此处讨生活实属不易。她先是跟着一位同乡打零工，做家政，日子都是一天掰成两天过。母亲费了很大的力气才帮我找到了新学校，我换了新环境，一时跟不上课业，成绩一落千丈，性格自此愈发内向。我初来青州时，想着又能和阿宝在同一个城市并肩学习、生活，兴奋得不得了。可到了这里，才发现大城市原来是这样大。阿宝给我来信，我才了解，我们住的地方离矿区有多远，坐大巴车也要近两个小时的路程。我常常独来独往，像一只离群的麻雀，苦闷时愈发想念阿宝。终于在冬日里的一个周末，我实在忍受不了孤独，偷偷坐上了去青州矿区的大巴车，一个人寻阿宝去了。

一路都在飘着细雪。坐在大巴车上，我倚靠着车窗，抬眼望向窗外。因着风的缘故，道路两旁的树，都是一侧挂满了絮雪，另一侧却清清荡荡的。车子拐了一个弯，刚刚这边还在落雪，那边却不下了。大自然无常，却亦有其神奇。在这神奇之下，我苦闷多日的心似乎也得到了一些广阔的抚慰。我来青州后，头一回看到坐着小轿车上学的同学，头一回知道课上听不懂的，下了课还可以参加各种辅导班，到了交学费的时候，我也头一回有了羞愧的意识，不知该如何向辛劳的母亲开口……大城市里的金钱、机会、视野，甚至是教育……这里的一切就像这窗外飞雪，密密麻麻地笼罩着大地，不给我一丝喘气的空隙。我这样想着，车子到站了，我一路沿着信封上的地址打听，又步行了几里路，终于找到了阿宝的新家。

不过是一间用几张旧铁皮搭建起的简陋屋子。屋顶上铺着一层厚厚的黑油纸布，门口外挂着一条土灰色的毛毯做门帘，屋子四周裹着一排排玉米秸秆，用麻绳系得紧紧的，估摸是想用来抵御风雪。我的眼睛打量着眼前的一切，一些难以诉说的情绪在我心头翻滚，我忍耐着，掀开门帘，推开铁门，屋子里冷冰冰、空荡荡的。只有十几张上下铺的双人床，各处都堆满了乱糟糟、脏兮兮的衣物。我小心翼翼地挪着脚，往里走了几步。铁皮屋的最里面，有一个少年，他正背对着我，两条腿跪在地上，上半身匍匐在下铺的床面上，正奋笔疾书地写些什么。我缓缓走过去，轻轻唤了一声："阿宝。"少年扭过头，望向我，那一刹那，无数颗星在他眼睛中闪耀。他愣住了几秒，又像蹿天的烟火一样，一个蹦高跳了起来。他紧紧搂住我，嘴里欢叫着："意夫！意夫！"我也高兴坏了，紧紧搂住阿宝。这个比我亲兄弟还亲的人，我们在他乡重逢了。

阿宝说，这片矿场的工人都住在这里，父亲和叔叔们都下矿去了。这里有一所中学，都是矿工家的孩子。这里的人待他都好。他的成绩有了很大的提高，期末考到了班上的第三名。他说他记得母亲的话，读书是改变他命运的唯一一条路。我看着阿宝咧着一口的白牙，灿烂地笑着说这些话，心底的那些晦暗也渐渐被那从铁皮屋的缝隙里吹进来的冷风驱散了。

我与阿宝时常通信,多是为彼此的学习加油打气。偶尔我跑去见他,或者他来见我。好在我倒也没有其他心思,精力重新全都投到了学习上,我底子不差,适应了两年多,成绩便突飞猛进,初中第三年期末考试,我竟考了全班第一名。临近中考,课业愈发繁重,这一年我与阿宝并未见面,信件也渐渐只是隔几个月通一封了。中考结束后,我才缓过神来,许久未得到阿宝的消息。我跑去找阿宝,却被告知,阿宝半年前便已随他父亲离开了这里。我急得四处打探,才知晓,阿宝父亲近一年来身体愈发不支,工友们说他这是得了"老病"。"老病"是他们之间的暗语。挖煤的人,多半容易染上尘肺病,得了这病,恐怕就做不了苦力活了。阿宝父亲去找领导要个说法,领导是个五十岁左右的男人,咧嘴笑着跟他说,一定做好赔偿。结果当天夜里,几个彪形大汉冲进了矿工们的铁皮屋,不由分说便把阿宝父亲的行李全都扔进了一个货车里。有几个矿工见了想上前阻拦,又被那几个人手里的铁棍子给唬住了。阿宝奋力地争抢着自己的行李,他们对着他好一通拳打脚踢,又强行把他们父子俩拖进货车,拉去了另一个矿区的煤场,扔垃圾一般把人丢下车,扬长而去了。

阿宝并未再给我写信。我与母亲苦寻了阿宝两年多,始终不得消息。这年夏日的一个午后，母亲意外接到一通电话，说是阿宝父亲委托警察打来的。他求我母亲能多帮忙照料一下阿宝，我们这才了解两年多来阿宝都经历了些什么。

阿宝父亲生性懦弱，从来都是老天要他怎么活，他就怎么活。他被人丢弃到新矿场，不敢再惹麻烦，又不知能去哪里，只好带着阿宝在这个新的矿区里继续讨生活。他做不了劳力，便寻摸一些轻快的活，日子也就这么晃荡着过下去了。他没有知识，也不懂教育，他一向不理解一个挖煤种地的人家读书有什么用，以前阿宝娘坚持让阿宝读书，他便也顺从了。如今阿宝娘死了，自己又落了一身的病，总要留点钱给自己治病养老吧，他这样想着，任凭阿宝如何苦苦哀求，也绝不肯再让阿宝上学念书了。阿宝心里念着母亲的话，并不肯低头。他白日里随父亲去矿场做童工，夜里仍坚持偷偷温习功课。可这年冬天，他踩着厚厚的积雪下工回家，却见父亲将他的书本堆在一处，一把火燃尽了。书的"尸骨"只剩一地余灰，阿宝那条唯一的路，在这纷纷大雪之下，便也走到了尽头。

阿宝没人看管，吃的穿的都要靠自己，等他到了十六七岁的年纪，已经是长成快一米八的孩子王了。阿宝天天带着三四个年纪相仿的少年打架斗殴，倒是渐渐再也没有人敢来欺辱他们了。阿宝十七岁这年的夏天，警察找到他，街坊们都以为这个小流氓又犯了什么事，结果警察却说，是阿宝父亲被抓了。矿场周边多的是暗娼，矿工们都是心知肚明的。阿宝父亲常年替几个妓女放哨，客人在里面交欢，外面一有动静，他便用脚狠狠地踹三下门，这是他们早就商量好的暗号。这次不知是谁提前走漏了风声，也有人说是警察需要完成人头任务早早就布了局，总之，阿宝父亲完全没有反应过来，就被冲过来的一群人，连着屋里的那个妓女，一起带走了。警察是来跟进调查的。

有个街坊大婶，看到警察来了，隔着一条街道在窗户里大喊："你们把这小兔崽子也抓走吧！他们几个整日地偷鸡摸狗，还有没有王法了！"带头的是一个二十几岁的年轻警察，他怒目圆睁，大声呵斥阿宝，问是怎么回事。阿宝觍着脸，笑着说："大哥你别听那个女人胡说，她勾引我不成，乱咬我鸡巴呢！"那警察一听阿宝一身的油腔滑调，发了狠，带着另两个同事便要搜家。阿宝堵住门口求饶，可他哪里真的敢拦警察。他们气势汹汹地冲了进去，却在四面漏风的里屋看见了一个只五六岁大的男孩。那警察拿着警棍就要打阿宝，愤怒地吼他："你竟敢拐卖小孩？"阿宝低着头不说话。那小男孩却一口的稚嫩，奶声奶气地喊："警察叔叔，不要打阿宝！"那年轻的警察蹲下来，抱着孩子，细声细语地问："你爸妈呢？"小男孩瞪着一双水汪汪的大眼睛，两只橘子般大的手里紧紧抱着一盒牛奶，慢吞吞地说："爸爸在矿里被炸死了，妈妈跟别人跑了，阿宝哥哥把我捡回来。"警察一下子蒙了，回头看了看阿宝，阿宝还是不说话。警察又问："他有没有对你怎么样，说过什么话？"小男孩说："阿宝哥哥说他不准我偷东西，让我喝牛奶，他说这样才会长身体。我长大了，他就送我去读书。"

那警察不再说话了。他站起来，拍了拍阿宝的肩膀，出了门，和另两个警察低声商量着什么。阿宝只听见另一个年纪大一些的警察突然拔高了嗓门，说："矿上这样的事也不是这么一件两件，背后关系乱得很，你屁大点个警察，招惹得起吗？"那个年轻的警察便低下了头，不再说话。过了好一会儿，他带着三个人凑齐的五百块钱，把钱交到阿宝手里。他摸了摸阿宝的头发，一句话也没有说，转身离去了。

我与母亲找到阿宝后，他看我们的眼神都是空荡荡的。我想上前抱他，他却猛地往后退了一步，躲开了。母亲安慰我："你们都长大了，同以前不一样了。"我那时并不能体会"不一样"这三个字究竟意味着什么，只是懵懂地感知到，命运的看法比我们预想的更准确。我们只是随着生活的河流漂荡，什么都没有做，却似乎再也控制不了自己的人生了。

母亲找到了一家孤儿院，将那个叫洋洋的小男孩送去了孤儿院里。分别之时，孤儿院的院长牵着洋洋的小手，让他跟我们挥手说再见。洋洋异常懂事，并没有哭。他瞪着一双乌溜的大眼睛，只看着阿宝，点点头说了声："阿宝哥哥，再见。"我与母亲走出

147

了孤儿院的大门，阿宝跟在身后，一步一回头。已经走出去数十步路了，忽然身后响起一阵"呜哇呜哇"的叫喊声。是洋洋。他迈着两条细细的腿，奋力奔跑着，哭喊着，他一口口大声唤着："阿宝，阿宝，不要丢下我，阿宝！"阿宝抬起手，不停地揉搓着自己的眼睛，他转过身去，蹲下双膝，张开双臂，紧紧抱住这个奔向他的孩子。阿宝说："洋洋乖，洋洋不哭。你要乖乖的，等你长大了，阿宝哥哥一定回来看你。"这个叫洋洋的小男孩竟一瞬间止住了哭声，他死死地盯着阿宝，问："真的吗？"阿宝说："真的。拉钩上吊，一百年不许变。"洋洋只是拼着命地直点头。他那颗小小的、瘦若青梨的脑袋，一刻不停地上下晃动，不敢停歇。

阿宝父亲被判刑一年。母亲想接阿宝来与我们一同住，他却死活不肯。母亲只能由他，隔一段时间便去看望。阿宝父亲刑满释放后，与阿宝商量说，他人老了，在外面也赚不到钱，想回老家了。二〇〇六年，阿宝收拾好行囊，与父亲又回到了登州。

4

自与阿宝那一面之别，已过去了整整十年。

十年里，我考大学，读研究生，第一次考博失败后，又准备了一年，终于考上了理想的学校。母亲打电话与二爸说了这个好消息，二爸兴奋得一夜没睡着。第二日天不亮，他便又给母亲来电，说这是家族里天大的喜事，商量着我们能否回一趟登州，按照登州的风俗，在故乡给我操办一场答谢宴。母亲自然应允，只是诸事耽搁，一直到了年关，我与母亲才迟迟动身。

我们坐的老式绿皮火车，一路晃晃荡荡。登州真是雪窝，一入了冬，便是无穷无尽的雪。窗外飞雪蔽日，漫天漫地卷着，只看得清层层云烟缭绕在群山湖泊之上，山头、树枝，全裹着银雪，一眼望不到边际，巍峨壮阔。这样看着，我渐渐感到一股深深的倦意，眼皮打起架来，抱着双臂，竟沉沉睡去了。不知过了多久，车里的乘客突然齐齐发出一阵尖叫声，我睡眼惺忪地向窗外远眺，是大海！我看见故乡那一片大海了！海上的太阳无比绚烂，一点也不肯输给这茫茫飞雪。它闪耀着夺目的光芒，洒到海面上，洒了一席金粉，泛起粼光点点，一望无际的碎金子似的，整片海都闪烁着耀眼的星。海上金光闪闪，空中白雪纷飞，万千风雪，扑面而来，天地之间，美哉壮哉！我好似完全不在人间了。我仰起脸，看着太阳，迎面直望。飞雪与炽日短兵相接，阳光刺目逼人，追魂夺魄，好似看见了一把把逆光而来的手术刀。

这些年，我只在我亲生父亲与大伯去世时回过登州两次，再回来，却有些"近乡情更怯，不敢问来人"的滋味了。我转头望向母亲，她的脸上却满溢着淡淡的甘甜，阳光透过车窗玻璃折射在她已褶皱横生的眼角上，映出几道天上的虹。

车到站了，二爸来接我们。我正要向二爸招手，却听见母亲在我身后大声笑着："哎呀，阿宝来了！"阿宝——我缓过神来，慌忙定了定眼，果然，出站口，一个一米八几的大个子站在二爸身后，他眉眼宽阔，腰身挺拔，两块胸肌挺挺的，脸颊上依旧嵌着儿时那一对浅浅的酒窝。时间并未在他脸上雕琢出多少变化，只是额间、嘴角平添了许多不属于他这个年纪的刀纹。我藏不住的惊喜全写在了脸上，却又不知该如何表达，倒是阿宝先开了口："意夫，听说你考了状元，我来给你庆功！"我高兴坏了，三步并作两步地冲了出去，拍了拍阿宝的肩膀，他自然地接过我的行李，一行人笑呵呵地往家里去了。

一进家门，我就闻到了满屋的香气。阿宝放下行李，赶紧打开了铁锅盖，滚滚白烟一下子滋滋啦啦地冒了上来，他把鼻子挺过去，闻了闻，"嘿嘿"笑了两声，我探身一看，锅里正炖着一只顶肥的土鸡。滚沸的鸡汤"咕嘟咕嘟"地在铁锅里冒着一个又一个大泡泡，像一只只盎然的泉眼。我想起幼时与阿宝在冬日里去山间捉野鸡的场景，童年的味道和记忆在这一瞬间全都回来了。我露出了久违的孩子般的笑脸。阿宝瞧见了，更高兴了，慌慌忙忙地转过身去取出一个碗，舀出一大碗鸡汤，捧在自己的嘴边，反复吹了吹气，才递到我面前。我们都二十几岁了，他待我依然如儿时那般。

　　阿宝要给我烙我最爱吃的葱花千层饼。那是他的拿手绝活。我笑着说："我和你一起吧。"他掀开炕头的被子，下面焐着他早就调好的面。阿宝揉面、擀面，把它们一一摊开成一张张粉白的大饼，我像小时候那样，在上面撒满葱花，用勺子抹上一层香喷喷的猪油，那粉白的饼立刻就变得妩媚娇俏起来了。阿宝开始表演起他的拿手绝活。他一双手捏起饼的两端，对折再对折，耍杂技似的，炫出几个花活，整张饼在他手心里就变成一只油津津、圆滚滚的面团了，他将这面团往面板上那么轻轻一扔，砸出一声清凉的脆响，面团就晃出轻轻的颤动，如湖水的涟漪。他再拿擀面杖自左而右，自上而下地那么一压，滚圆的面团又成了一张饼的形状了。焦黄的面饼里点缀着大小均匀的翡翠绿与莹白的葱花，在油锅里那么滚上几滚，翻了又翻，不一会儿，一张泛着金黄光泽的葱花千层饼就摆到了我的面前。我不由得咽了咽口水，轻轻咬上一口，外焦里嫩，酥香清脆，薄薄的一层层饼像一层层云一样，又软又鲜，入口即化了。

　　我们一同吃过午饭，阿宝才说店铺还有生意要照料，不得不起身往回去了。我去送他。路上，阿宝笑意吟吟地说："意夫，我真替你高兴。你考上了北京名牌大学的博士，以前听我母亲讲，你家祖上就出过秀才，这要是搁古代，你也算是考上了秀才，继承家业，光宗耀祖了！"我竟不知阿宝口齿何时变得如此伶俐，直被他夸得不好意思。"哪儿有你说的那样厉害,你不晓得,我高考没考好,只考了一个普通的二本,农村学生,就算考上了名校,前途也是没法跟人家大城市的人比的。"我这样说着,阿宝便像儿时那样,一把搂过我的肩膀,放声说:"不要怕,你怎么着也比我强!我现在混得可不差,已经开了一家自己的豆腐店了!实在不行,将来我养你!"他放肆大笑着,我被阿宝的热情所感染,心下也快活得很,便说道:"走,带我瞧瞧去!"我们加快了脚步,却都再没有太多话,只是肩并着肩,齐齐踩着厚厚的积雪,往远处走去。辽阔的天地,万籁俱寂,只听得见我们踩踏积雪时发出的吱吱悠悠的声音,像老去的木门。

几年前,村子不远处的挂云山被开发成了旅游景区,冬日里来泡温泉、滑雪的游客日渐增多,村里的路早已铺上了沥青,笔直宽阔,四通八达。四周卖水果的、卖玩具的、卖衣帽围巾的……竟渐渐聚集成了一条颇具规模的商业街。政府统一规划后,市场生意愈发兴隆。阿宝引我走到商业街正中央的一家店面,我抬头一看,方方正正的大字写着——"阿宝豆腐铺"。阿宝眨巴着一双长睫毛的大眼睛,满脸的骄傲,又说:"街东头还有一家店铺,位置很好,说是要转让,我打算努努力把它盘下来。我的豆腐做得香,方圆几百里没有第二家!"我正为阿宝感到高兴,一位大娘已靠上前来。阿宝侧身拐进柜台里,搬出一筐豆腐,掀起笼布，问大娘："这么大行不行？"大娘说："再小一点。"阿宝便把刀子又往右侧挪了挪："这么大？"大娘羞笑着，点点头。阿宝把豆腐切下来，在秤上一称，爽利地说："四块三毛钱，您给我四块！"大娘从口袋里掏出四个一块钱的硬币，递给了阿宝。

阿宝送走大娘后，又主动凑到我眼前，咧着嘴，笑着说："意夫，我妈卖豆腐时，七毛钱一斤，我今天卖三块五一斤。市里的超市卖得便宜，一斤才一块四毛九。可我的豆腐依然是卖得最火的，知道为啥不？"

我见他一脸的骄傲得意，配合着问他："为什么？你的豆腐不会是金子做的吧？"

阿宝"哈哈哈哈哈"地大笑，眯着眼说："咱们的豆腐纯正！豆子是俺自己种的，浆是铁锅熬的，一点也不掺假，这个价，我对得起自己的良心！一斤豆能出二斤四五两的豆腐，刨去杂七杂八的成本，几大筐豆腐每天能挣到三百多块钱呢！整个店面算下来，一个月能进账一万多，在咱们这个小地方，也算是活得有滋有味了！"

我们这样畅快地闲聊着，这时一位七八十岁的阿婆背着一袋子豆子走到阿宝面前。我正疑惑着，阿宝匆忙上前接住了袋子。阿婆竟是拿豆子来换豆腐的。阿婆说："以前是跟阿宝娘换豆腐，现在是和阿宝换，难得还有人愿意要我的豆子喽！"阿宝放下豆子，笑着跟我说："她这样以物换物，换了三十三年的豆腐。"

客人三三两两,络绎不绝。来的都是四里八乡的老顾客,谁要几斤,阿宝心里都清清楚楚,迎来送往,很会寒暄。特别熟的客人,他会从身后的麻袋里拿出一袋子豆腐渣,作为礼物,免费送的。现场并没有其他人,又是他自己的东西,整个过程他却跟个贼似的,偷偷摸摸,生怕有人看见他给了人这份好处。拿到好处的老顾客,也都懂暗号似的,暧昧地冲阿宝眨眨眼,两个人相视一笑,愉悦地结束了一场只有几块钱的交易。我在一旁看得不禁嘴角上扬。小阿宝,这是属于他的豪情与狡黠。

一位开车路过的游客,也停下来买豆腐。他付了钱,买了豆腐,却说了一句:"你的豆腐太水了,一点也不厚实。"说完便摇上车窗,走了。阿宝听见了,自顾自地嘟囔一句:"伺候人的买卖,向前也不对,向后也不对。"他转头向我解释:"豆腐做硬了有人嫌弃口感不好,做嫩了就被人指责多添了水分。我最佩服我母亲。她做的豆腐,不软也不硬,拿秤钩子吊着豆腐也不会碎,那真是做出了境界。可惜我做了好几年,依然做不出那个火候。"

我问阿宝:"什么时候开始卖豆腐的?"

阿宝一边拿着刀剃去豆腐上的边角末,一边静静地对我说:"我没文化,找不到像样的工作,回了登州,有乡亲介绍,就去了火葬场干活。我父亲去世前,他觉得我在火葬场做事不吉利,花了点钱,又托关系让我去了工具厂,结果有一次我们上班,机器不知道怎么出了故障,差点把我们一个工友给卷进去,我下意识地伸手去护他，这条胳膊就被卷折了。好在工友最后人没事，救下来了。我的胳膊用不了大力，这便更不好找工作了。想来想去，想起了我母亲做的豆腐，嗨，一下子就脑袋开了光，这不是现成的活路吗？"他说着，又咧着一嘴大白牙，露出他招牌式的傻笑。我看着他，情不自禁地又像小时候那样摸了摸阿宝的头，却发现他才不到三十岁，鬓角已参差不齐地冒出数十根白发了。

我看着阿宝，半是心疼，半是愧疚，不由得垂下眉眼，低声说："阿宝，你这些年受苦了。"阿宝却明白我在想什么似的，收起了笑意，郑重地盯着我的眼睛，说："一点也不辛苦。这样的酷暑寒冬，我的母亲站在村口卖豆腐，一站就是三十年。那是她的一辈子。我不像你这么优秀，读书这条路，我没走得出去。但是母亲留给了我一门好手艺，靠着做豆腐，我也闯出了自己的一条生路。"

我心里想着阿宝，想着他的母亲，才意识到，我虽然读了许多书，却并不如阿宝明白生活的道理。任何一个平凡的人，哪怕再卑微，他的一生，只要尽力活着，都是一部属于他自己的伟大史诗。

5

我去北京读博士的第二年，收到了阿宝寄来的请帖。他遇到了一个心爱的姑娘，两个人要举办婚礼了。他又打电话来，语气极小心地询问我，能否抽出时间回来做他的伴郎。我当然要赶回去。

幸福的滋味，总算也是眷顾过我们这些辛苦求生的人。

阿宝婚后一年多，生下一个女儿，她长得极像阿宝，也有一对笑起来像萱花一样的酒窝。不多久我也谈了女朋友，随后又面临博士毕业、论文答辩、找工作等繁杂的事，与阿宝的联系渐渐又少了，可心底的惦念却是未变的。

找工作，我从未料想到会如此不顺。起初，我心气颇高，精心挑选了几个心仪的岗位投去简历，未料竟纷纷石沉大海，毫无回响。我百思不得其解，多方打听，才慢慢悟出门道。这些名校、大国企的一些有限名额，要么已预留给了背景强硬的关系户，要么就是在他们熟人圈子之间转换流通。一些公开的招聘，却又直接明确写着，本科必须是"985""211"这些名校，无论读研究生、博士时的学校名声多么响亮，只要出身不好，一律不予考虑。我对此颇气不过，拿着国家法律条文找他们一一辩论，讨要说法，他们看我的眼神，如同看一个傻子在表演天真。

我的女友却早早适应了这套社会规则。她也是农村出身，深知自己毫无背景可依靠，投简历时，直接选了一个普通的大专院校去应聘，头两次竞争失败后，她最终成功拿到了梦寐以求的北京户口。我经过一轮轮折腾，愣是不肯服输，她几次劝我无果，彼此间争吵不休。那段时间，我深感人生沮丧，焦虑迷茫，不堪一击，常常整日瘫在床上，任凭手机振动个不停，却没有任何力气拿起它。每到夜里，我把屋里的灯关着，路灯照着车的影子从窗户透进来，成群结伴地路过。就着缝隙的光，我直直地盯着天花板。狭小的出租屋大得可怕，而整个世界却小得连一丝委屈都装不下。一个小时，两个小时，一整夜，我的大脑似乎是个永动机，它禁锢着我的肉身不得动弹。我冷笑着，自言自语着，这样的日子也过了挺久，习惯了。我恨这种习惯。我回想这几年，我是如何与毕业时意气风发的自己渐行渐远的呢？大概是从毕业开始，我便停止了生长。在求学的年月，通过单纯的努力就可以让自己在自由中闲庭漫步，但工作中能者多如牛毛，蚍蜉只有依附、顺从于大树才能熬过漫长的生命。我倔强着做自己，也倔强着不低头。我清清楚楚地明白，对绝大多数普通人来说，社会化大生产对人的群体性要求，世界要我们成为一颗颗顺滑的螺丝钉，而要变成那颗最大、最闪耀的，就得善于伪装，懂得世故、不知脸皮的虚伪和没有底线的变通。我恐惧成熟。

这样折腾了一年多，眼见着积蓄愈发见底，加之女友的不断催促，我不得不低下头，撕去自己那狂妄而幼稚的理想主义的念想，认清现实，趴在地上讨生活，想着只要是个差不多的普通院校，亦可接受。可几轮下来，对方又说，我已失去了应届生的资格，很多机会都享受不到了。我那时真是深深体味到走投无路、欲哭无门的绝望。

好在我念研究生时的导师眷顾我念书努力，对我颇为照顾。他通过关系为我牵线搭桥，最终找到了一家实力尚可的职业技术院校。女友劝我提前去给相关领导送送礼，这样的事，我向来是不齿的。可那晚确实是我。我看着我自己，一个怯懦的影子迈着两条孱弱的腿，两条垂丧的胳膊拎着两箱包装浮夸的酒，腋下夹着一条中华烟，一条土狗般，孤零零地站在命运的楼下。那是一座三十多层的高楼，我抬头仰望着，数着这一户户灯火和天上的万千繁星，又想到自己原是如此卑微、渺小，眼泪第一次流下来。自我离开家乡，多少年来，任凭我遭逢怎样的困苦，我始终抱着男儿有泪不轻弹的信念，关关难过关关过。有人因饥饿哀痛过，有人为贫穷哭泣过，这些我都可以忍受。可是，这一晚，我却很清醒，我眼睁睁看着一个理想主义的自我死去了。这点别人视为粪土的东西，随着我的泪水，一同在生活里烟消云散。

领导和颜悦色地打开了门，笑意款款地接待了我，他用眼睛的余光瞥了瞥我带去的酒，神色立刻黯淡下来。他长叹一口气。"意夫啊，你也知道，这几年学历贬值得厉害，博士生的岗位都不如两年前的硕士生了。"他顿了顿,又长叹一口气,"但你老师和我打了招呼,咱们就是自己人了。你先从辅导员开始做起,年轻人嘛,有的是机会,不要心急。"我只是听着,我的心并没有急躁,它是麻木的。我或许应该说些什么,却实在不知该从何说起。我只得起身鞠躬,说:"让您费心了。"我这样想着,又犹犹豫豫地从口袋里拿出了一张面值五千块钱的购物卡,递给了他。那是我买给母亲的生日礼物。

领导笑了。我的工作终于有了着落。

6

次年春天,母亲打电话约我清明节一同回登州祭祖扫墓。这年清明是个好日子。干旱了许久的北方初春,昨夜下了一整晚的春雨,缠绵不休。早上四五点,雨就知趣地停了。冬日寒意已去,太阳一跃而出,照得人浑身酥软,天地间一片通明。樱花那时开得正盛,桃花也艳得出奇。我们一家人扫完墓,我便匆匆然,直奔阿宝家去了。

院门上了锁,院墙内种着一棵关山樱,几根枝丫探出头来,樱花落到院外,层层叠叠,蓄了满地,似是几日没有清扫。见没有人,我正转身准备离去,这时邻院阿婆拄着一根拐杖颤颤悠悠走过来。"是意夫啊！可怜的阿宝，他闺女现在怎么样了？"我被问得一头雾水，与阿婆仔细打听，才知短短一年来，阿宝竟遭了这样天大的劫难！

我打车飞奔到医院。我站在病房门口，却迟迟不敢推开那扇门。巨大的悲伤在我的喉间翻滚，食管里涌动着一股股似要呕吐般的痉挛。这一幕，是那样地似曾相识。在这涂着苍白油漆的吞人地狱里，十几年前，他的母亲一命呜呼。难道命运果真如此残忍，如今竟要夺走他才不过两岁大的女儿？

我悲苦难耐，平复了许久，仍是不敢进门。这时一个二十岁左右的年轻男人站在我身后，他盯着我看了几眼，并没有说什么，只是绕过我，拎着一袋子盒饭，轻轻推开门，进去了。他开门的那一刹那，脸上迅疾开出一朵春天的花。他轻轻地、温柔地呼唤着："星星，今天有没有更乖呀！"我站在那里，透过门半开的缝隙，只见阿宝和他妻子分坐在床的两端，两人脸上都挂着恬静的笑。他们的女儿，才两岁大的星星，也仰着脸，灿烂地笑着，她的右眼裹着一层厚厚的白纱布，嘴里呀呀念着："洋洋哥哥，我今天很乖，护士姐姐给我打针的时候，我一点都不疼。"阿宝低下头，吻着星星的额头，一只手摸着她粉嫩的脸颊，说："星星真棒！我们星星变得更勇敢了！"说完，他又将目光投向他的妻子，女人报以温柔一笑。他们一家三口相偎在一起，似一簇于春寒中相依为命的关山樱。

我终归是进了门。阿宝看见我，一脸的高兴，倒显得我的悲伤有了几分浮夸。他上前紧紧抓着我的手，说："你这么忙，怎么有空回来？"我不知该如何开口。阿宝又转过身去，对着那个男孩说："洋洋，还记得你意夫哥吗？"我这才缓过神来，盯着这个细瘦高挑的男孩子认真打量，竟是那个送去孤儿院的小洋洋！洋洋腼腆地笑着："意夫哥，阿宝哥总是跟我提起你，他说你是天才，读书好，要我向你学习。可惜我脑袋笨，到底只读了个大专。"原来阿宝每年都给孤儿院寄一笔钱，供洋洋读书。他毕了业，直奔阿宝来了。

我与阿宝妻子说了一会儿话，又逗了逗星星，与阿宝、洋洋到医院门口抽烟。阿宝这才与我详细介绍了星星的病情。半年前，星星被确诊为视网膜母细胞瘤，到现在已做了三次手术。我想到那个仰着天真笑脸的女孩，心被扯得生疼，不知该怎样接着问下去。阿宝却像诉说着别人的故事一般，言辞切切，滔滔不绝。他给我科普什么是视网膜母细胞瘤，讲述这一路治病的跌跌撞撞，说自己差点耽误了女儿的病情，又说已经打听到全国最好的专家是谁，过段时间便要带着星星去上海。他零零碎碎地讲着，说到星星第三次手术效果特别好时，他兴奋地咧嘴笑着，露出一垛齐壮壮的大白牙，不自觉地拿拳头轻轻捶了捶洋洋的肩膀。洋洋也被他感染了，羞涩笑着说："是的，医生都说恢复得好，是个奇迹。"我望向阿宝，金灿的太阳在他背后晕出一圈霓虹，他还是那个英雄少年,向这个苦难的世界骄傲宣战。永不屈服。

分别时,我用力抱住他,他也抱着我,两个人搂得死死的。我说一切都会好起来的,阿宝点点头,仍是笑着说:"一定会。"

阿宝果真带着星星去了上海。星星又做了一轮治疗,效果很好,我的忧心也随着时间的推移和日常烦琐的工作,渐渐放下了。这样过了两年,这一年秋天,我与女友开始张罗筹备结婚事宜。她有北京户口,申请到了学校分给青年教师的一套福利房。房子虽小,位置又极偏僻,首付却是我们可以承受的。这应是我们唯一一次能在北京买房的机会了。母亲拿出她存了一辈子的三十余万存款,我们又东借西贷,勉强凑齐。这天夜里,女友正在厨房里大展厨艺,我为她切菜、扒蒜,打下手,两个人心里都藏不住对未来生活的幸福憧憬。这时阿宝却打来一通电话,他支支吾吾,言辞闪烁,先是问我最近过得怎么样,又问我工作好不好,我问阿宝,到底出了什么事,我们之间,无须顾左右而言他。他这才沉了一口气,诺诺地开口,问我能不能借他十万块钱。星星的病复发了,而且愈加严重。他没钱了。我那时什么都没有想,只说"治病要紧,钱我有,你放心"。阿宝重复地说着谢谢,一遍又一遍。我挂了电话,却见女友手里拿着勺子,一脸铁青地站在厨房门口。油锅里正炸着我最爱吃的萝卜丸子,滋滋啦啦地溅出热烈滚烫的声响。她静静地看着我,我也看着她,脑袋里一片苍白。

我们这样僵持了许久,她才缓缓开了口,说:"我从山沟里出来,一辈子就这么一个梦想,在北京能有个自己的窝。你不要觉得我心狠。不是我不善良,可我没能力帮别人。这套房子若是没了,我们就算是到头了。"我冲过去,抱着她安慰,她也落泪了。我们一整晚都没有合上眼。第二日天未亮,我给阿宝发了条信息,只说了句"对不起"。半晌,阿宝才回了消息,说"没关系"。

我便无颜再面对阿宝。

这年除夕,我把母亲接到北京来,一家人正在吃年夜饭,手机响了。竟是阿宝。我慌乱地丢下筷子,匆匆跑到门外接起电话。电话那边风嘶嘶吹着,吹得我耳朵疼。阿宝号啕大叫着,放肆地哭泣。我从未见过他这样。我沉默着,只是静静陪伴着他。好一会儿,阿宝的哭声才渐渐微弱下来。我低声问:"阿宝,怎么了?"他听见我的声音,又像一个小孩子那般啜泣起来。他已哭得喘不过气来,只能一顿一顿地说:"医生让我签字,问是否同意给星星做手术。手术不做,癌细胞一扩散,估计撑不过这半年了,可做了,她的另一只眼睛也保不住了。我签不签字,都是杀她的凶手啊!意夫,我上辈子究竟是作了什么孽!"阿宝呜咽着。我也沉默不语。过了好一会儿,阿宝把电话兀自挂断了。

正月十六一大早,二爸给我打来电话,说昨天夜里,几个孩子跑到村子东头的水库边上放烟火,却见水里扑腾着一团人影。

一个年纪大些的跑回村里去喊人,等打捞上来,人已经没了。

我记得那片水。

那是个雨后晴明的傍晚,岸边能听到阵阵蛙鸣。少年阿宝猛地一头扎进水里。一转眼,多少年,却是一个正月十五的团圆夜。阿宝投湖自尽了。

7

阿宝会水。会水的人,在水里挣扎着死去,我后来常想,那一刻,是绝望还是勇敢的滋味。洋洋说,阿宝受抑郁症困扰已有两年多。半年前阿宝开始出现幻听,自那以后,他便常对洋洋说,再这样下去,自己早晚是她们娘俩的拖累。

我与女友终是分了手,在婚礼前的一个月。我无能,对不住她。与母亲商量后,母亲从银行取出了二十万,替我去送给了阿宝的妻子。我没有勇气去见星星。一切都太晚了。

我颓废了好一段时日,到了阿宝过五七,母亲劝我回一趟登州。母亲说:"走了的人会在这一天回家,最后看一眼他放不下的人,然后就会忘了前世的一切,重新去投胎。你要心里还是觉得愧疚,就去给阿宝烧些纸钱吧。和他说说心里话,阿宝不会怪你的。人啊,比起失去,更怕遗憾。不要怕,不要怨。人活着,就得往前走。"

我回登州那天,是个下午。天空又下起了绒绒的雪。快到村口,远远地,我见着一个人,正推着一辆簸箕车,在吆喝着卖豆腐。是洋洋。我缓缓向他靠近。一位年轻的客人正站在豆腐摊前。洋洋微笑着,他切了好大一块豆腐,递给客人,问:"听你口音是外地人,来滑雪的吗?"那小伙子说:"我以前在登州当过兵的,天鹅湖的空军基地那儿。我想回来看一眼,这里算是我的第二故乡。"他说着,有些害羞地挠挠头,匆匆拿出手机准备付账。洋洋却阻止了,说:"当兵的,这钱就不收了。这里有你的青春,这一点豆腐,微不足道的。"

我在一旁看着,似乎看到了一个熟悉的影子。一种久违的生命的感动在我心尖涌起。我深深呼了一口气,扯着嗓子,大喊了一声:"阿宝!"洋洋听见了,他诧异地循着声音望向我,他愣了几秒,冲我大力地招招手。

雪花一片片落下,我却觉得好温暖,像是脸上扑来了一整个春天。我微笑着,热泪一股股涌出我的眼眶。我抬起胳膊,也大力地向他挥了挥手,迈开脚步,走进这茫茫无际的大雪中。

A
Dictatorial
Father

杀父

桐花万里丹山路
雏凤清于老凤声

《韩冬郎即席为诗相送》
李商隐

墙上的钟『咔咔』地走着时间,
每一秒都是刽子手落下的刀。
没人知道时间杀了父亲多少次。

伍 杀父

1

天上落下烟丝雨的那个中午，父亲终于又在院子的东南角栽下一棵梨树。

那个角落，三十年前，也是有一棵梨树的。很小一棵，疏影横斜，花苞数十朵，含羞待放，点缀枝头。月色落下来，粒粒白玉般，剔透雪亮。母亲右手扯着我，左手拉着国祥，姐姐国燕穿一身蓬蓬公主裙站在一侧，一家人环着一棵歪歪扭扭的幼树，数到底梨花开几朵。姐姐年十二岁，国祥亦已念了小学，只我尚在懵懂好欺弄的年纪。母亲说是考我们姐弟三人，不过是他们合起伙来拿我逗乐罢了。我扭头看一眼父亲，他斜倚在门庭一角，看我们玩耍，笑容灿烂。我奶声奶气，一遍一遍大声数，生怕父亲听不见。"十五朵，十八朵……"总是少一朵，抑或多两朵。母亲笑得更开怀了。只把我当个傻子。我当然是最聪慧的。那时我才五岁，业已清晰意识到，只有父亲归来，母亲才会笑成这样。为了这份奢侈的闲情在时间里住得久一点，我情愿被父亲笑作愚子。

一九九二年春天的盛景历历在目。一个周六的下午，母亲与姐姐在溪边浣衣，我正与国祥在水里嬉戏，远远见一男子向我们招手走来，他身着一件立领黑皮夹克，天青色牛仔裤，踏一双油亮黑皮鞋，像电影海报里的模特似的。阳光刺目，在他身上泛起耀眼的光，我看得迷迷瞪瞪。国祥却早已飞鸟夜归林一般，"嗖"地跑过去。我再看，他已经挂在那男人身上了。是父亲。母亲站起身来，两只手交错在衣袖上擦去洗衣的泡沫，又悄悄别过额间一缕被春风剪裁了的碎发，温婉地等待。父亲抱着国祥走过来，先冲母亲温馨一笑，又摸了摸我的额头。姐姐站在一旁，也是开心。父亲却并没有拥抱她，一个抚摸也没有。

父亲阔别家乡一年有余。他自南方谋生归来，所获颇丰。母亲得到了许多衣物首饰，她最爱那一条珍珠项链。珍珠粒粒饱满，亮如星辰，环在她雪白的脖颈上，明媚动人。我们姐弟三人也分得不少礼物。国祥最爱的是一盒塑料小人，约六十个，只拇指那般大小，个个身着海军、空军、陆军的制服，持枪挎剑，英姿勃发，极尽威武。他叫来平日玩的要好伙伴，各自扮演将军司令，掌兵一方，厮杀起来，好不热闹，叫人羡慕。我每每要参与其中，他便不屑地推我在后，说小孩子家家，哪里懂什么兵法之道。国祥只比我大三岁，又仰仗父亲青睐他，竟这般看不起我。我一时恼恨，却又无可奈何，只能去吃父亲给我带回的几盒酥饼、肉干。我甚是喜欢那些黄杏子、乌色酸梅、红皮薯干等果脯，这些吃食北方从未见过，连我最好的玩伴，曾去过北京旅行的小普亦未见过。我自然愿意慷慨地每样都分给他几颗。他向来也是如此大方待我。但国祥来要时，是万万没有的。国祥自然也气我。我便还了一报，心下愉悦地跑去找姐姐玩耍。国燕正在试穿一条纯白的蓬蓬公主裙，腰间系着一条粉色丝带，衬得她竟有了几分少女模样，羞羞答答，如初熟的苹果。她拿出一盒彩色霓虹糖，有兔子、小狗、老虎的形状，在太阳底下晶莹透明，美极了。我们各含一颗在口里，并不舍得吃。

第二日吃过晌饭，父亲带我们姐弟三人到离落山上去。离落山离我家不过十余里，是昆嵛山的一条余脉，只四五百米高，却常有云带浮于层峦之上，穹顶之下，宛若仙境。离落山盛产苹果，红富士、乔纳金、元帅、小国光……品种各色，样样我都馋。父亲要去谈一笔瓜果买卖。我们是听不懂的。但沿山路而上，山腰果地数千亩，正是苹果花开时节，一望无际的粉白、淡红，不身临其境，实在难以感受那绵延不尽的素雅之美给人带来的震撼。姐姐折一枝与我，每簇都有花蕾三到七朵，花瓣纯白，如倒立的鹅卵，背面又抹着一层淡淡的粉红。几朵含苞未放的，则是一粒粒红晕，缀于其中，赏心悦目。

再往前去，远见一处云堆起层层山，风起云摇，山峰俨然要坠下来似的。父亲兴之所至，要带我们扮作寻幽客，探寻僻远幽深之所在。步行少顷，峰回路转，便见一地，豁然空阔，几间砖石瓦房,蠹立其中。暮春时节,树荫覆满庭院。身处此旷达之境,极目望去,能见远近风景数百里。父亲令国祥前去敲门,并无一人。房后有一条小溪,目光顺着溪水自下而上,可见一处山洞,洞口狭小,往下涓涓流水,水滴石穿,成一山涧,犹如玉带,泉水淙淙流动,声音朗朗动听,令人从发梢到骨髓都为之一净。溪水清可见底,野鱼丛丛,颇有活泼趣味。我和国祥哪里受得住诱惑,脱下鞋子,挽起裤脚,便要下水捉鱼。父亲并不帮手,却也不阻碍。他席地而坐,在一旁点一支香烟,滋滋啦啦,好不享受。国祥先捉到了一条鱼,那是一条浑身泛着荧光绿和宝石蓝的小鱼,周身扁扁的,美得让人心疼。姐姐去院墙下寻了两只空罐头瓶子,不多会儿,我们就捉了十几条,开心得不得了。

父亲谈完正事,正要带我们下山。一扭身,却发现国祥不见了。几个人喊他的名字。却见他自一丛飞雪蔽日之处探出个头来。果农大笑一声:"这小子,偷我的梨子去了!"国祥钻进了一片梨树林里,其时梨花已有冒叶,叶圆如盘,枝撑如伞,数顷梨园,含烟带雨,风一起,簌簌而下,冷艳欺雪,余香入衣。国祥指着一棵小树,说:"爸爸,我想要一棵梨树。"父亲一时有些呆愣,转面望了一眼果农,那身形魁梧的大汉一摆手。"给你没有问题,只是它尚带着骨朵呢,你栽回去未必能活。"父亲正要客气拒绝。国祥却坚定地望向父亲,一字一字咬得确切:"能活的,指定能活。"父亲钟情于国祥的这份坚定,他向来爱国祥身上的果敢、好强、英武气概。那是男子之气。父亲对我说过的。我幼时多病,他总觉得我太柔弱,看我时眼神中常夹杂着几分失望。他老对我说:"男人要有男人的样子,怎么能常常病病歪歪。"我心下愤懑,男人便不能生病吗?柔弱就算不得男人?何况我哪里想生病。我这样想,却并不敢反驳,只是对病疾自此有些异于常人的忧恐。国祥甚少病恹,我待他无意识里便藏了几分嫉妒。他这样坚定,父亲大为高兴,果农说送我们,可父亲坚决要付钱。只要他高兴,他从不是一个吝啬的人。我虽对国祥颇有微妙情绪,但几岁顽童,哪里有真的烦忧。得了一棵梨树,我们自然欢欢喜喜,一路三人轮换着,把它抱下山去了。

一九九二年春,父亲在院子的东南角,栽下一棵梨树。

2

只住了半个月,父亲便要走。我们送父亲到登州汽车站,他坐汽车转到青岛再坐火车。母亲只是噙着泪,没有更多言语。国燕怯怯地站在母亲身后,她抱着我,我望着父亲,一家人脸上都挂满了离别惆怅。国祥扯住父亲那件黑皮夹克的衣角,问:"爸爸,为什么要走得这么急?"父亲把他抱起来,手指刮一下他鼻子。"你在学校有没有听老师讲小平爷爷的南方谈话。国祥,你记着,好男儿志在四方。"父亲没有抱我,也没有来抱姐姐。姐姐抱着我,看着父亲抱着国祥,四个人各有各的滋味。车鸣喇叭,他放下国祥,匆匆转身往车上去。车拖着笨重的身子,怎会跑得那样快。国祥"哇"地哭出声来,追着车喊。父亲从车窗里探出头,他露出欣慰的笑,替代了悲伤。

父亲走后,母亲回到往常,一人拉扯着我们姐弟三人吃饭、念书、做活,极苦、极累。日子平淡无奇,过得绵绵密密,一根针都插不进去。父亲就这样候鸟般来了又去,我当然盼他回来,可我盼的多是他带回来的新鲜玩意儿,盼母亲有更多的快乐。对父亲这个具体的人,我实在陌生。又过两年,我到了入学年纪,父亲却一整年没有归来。我颇为失望,一个人闷在被子里哭了好大一场。国祥跑过来抱着我,哄我入睡,极尽耐心,我才明白他到底是我兄长,我哭泣时可以依靠他。第三年,父亲归来,却说他这次不走了,要在家乡盘出一番事业。母亲当晚做了十二道菜。她和国祥绕着饭桌转来转去,像灯下的两只蛾子。我心下嘲弄,多亏他们没长翅膀,否则岂不要欢喜得飞到天上去。

我上学,老师们总要冲我多笑两秒;我下学,街上的人见了都来摸我几下。我知道这都是父亲的功德。父亲成立了登州绣品厂,他自南方带回来了新技术,加工出来的雪白镂雕纯棉被套、天蓝色涤棉混纺窗帘、电脑刺绣的红金鸳鸯枕套……哪一样都是登州人的心头好。父亲生意越做越大，不仅把产品卖回南方，还打通了渠道，出口去了欧美。父亲卢琪珍在登州一时名声大噪。

那应是父亲一生中最风光的十年。家里新起了一幢三层楼，带一座阔达庭院。院中立一巨石，形如坐佛，高约两丈，石下凿出一月牙形池子，池水清清，月肚几株荷花抻出长长脖颈，顶几朵芽苞待放。荷叶下几尾金色、朱红色鲤鱼摇曳其中。丛丛细竹覆于一侧，风吹竹响，犹如斗尺麦浪。两处墙下，各有品种兰花、绿菊、玫瑰数盆，最右角，母亲依然辟出了一方清土，将国祥的梨树移植过来。想这梨树，两度搬迁却丝毫不倦，生命力苗苗旺盛，一如国祥。

父亲生财，却并不贪财、聚财。他帮衬政府架桥修路，资助学校修建教室操场，十余年来，平心而论，父亲担得起一个善人称号。离落山旁边连着一座圣经山，圣经山上有一座隐喜寺，父亲年年要带母亲与我们姐弟三人去捐香火钱。可这一年，我们上山路上，见两个年轻僧侣抬着一副担架匆匆往山下走，父亲上前询问，原是一户人家儿孙不肖，把家里常年吃斋念佛的亲爹送到了隐喜寺门口，说是送他出家。老人家双腿有疾，寺院的方丈说本寺狭小，人手短缺，断不能收，慌忙把人送下山来。父亲一听，立刻金刚怒目，指摘和尚们不发慈悲，不帮忙想想办法，却急着撇清责任，哪里是真修行。父亲做事雷厉风行，却也常咄咄逼人，颇为刚愎自用，他冲着一对僧侣破口大骂，毫不避讳。毕竟是佛门事，母亲在一旁见状不忍，小心提醒，他便又掉头责骂母亲。他下山找到了老人家的一对儿女，恐吓说要抓他们去坐牢，走时却又扔下一些钱，才放心去了。自此以后，父亲再也不去隐喜寺烧香拜佛。这件事传开来，父亲在人心里的威望更高了，但不知神仙心里怎么想。我每每见他气势汹汹、颐指气使的样子，不知为何，总是替他隐隐忧心。

这期间，姐姐国燕结婚，国祥不负众望，考上了北京大学，学的又是金融专业，有望父业子承，我成绩不上不下，倒也考进了本地的一所重点大学，一时间卢家在登州风光无两。父亲家有美妻贤子，事业又如日中天，真有孟郊"春风得意马蹄疾，一日看尽长安花"的恣意之态了。

二〇〇八年，卢家发生了三件大事。对父亲来说，最重要的便是北京奥运会的盛大举行。在他心中，家就是国，国就是家。父亲每日盯着电视机，一场比赛也不肯错过。只要中国人拿了奖牌，国歌一响，红旗升起，父亲便肃穆而立，身姿挺拔，跟着唱起来。我自懂事起，从未见父亲流露过伤心之色，却见他此刻两汪泪水簌簌而下。接连几日，总是如此。国燕已嫁为人妇，国祥也已大学毕业，在北京工作，家里只有我与母亲二人，见父亲如此，一时不知该如何应对，只能站挺了身子，也跟着庄严敬畏起来。

这年十月,姐姐即将临盆。她入院第二天,九十一岁的爷爷心脏病发作,被送往医院抢救。全家人一时全围着爷爷团团转,只有母亲两边跑来跑去,照看姐姐。姐姐继承了母亲所有的美德,宽厚、仁慈、忍耐。她并不计较,只是淡淡地笑着,总是如一抹春风。父亲一时三次地给国祥打电话,催问他到了哪里。父亲让人给爷爷的肛门塞了一团棉花。老辈人讲,人的最后一口气是从屁里放出来的。堵上肛门,就能撑住这口气。国祥是长孙,他必须回来。这是卢家的规矩。

可国祥到底晚了一步。爷爷走了。病房里的女人们哭作一团,真哭的、假哭的,混在一起,声音轰隆隆。父亲并没有落泪。父亲与爷爷的情感颇为复杂。爷爷本是浙江绍兴人,他年轻时当过国民党的空军军官,打过鬼子,国共内战时投了诚,后来又上过朝鲜战场,冒着枪雨救战友、杀敌人,也曾是忠肝义胆、气壮山河、一夫当关万夫莫开的好人物。回来丢了一条胳膊一条腿,脾气变得不人不鬼,句句都要骂娘。奶奶伺候了他那么些年,活活被他气死了。奶奶去后,爷爷竟毫无缘由地举家搬迁到了登州,令人费解。父亲曾对母亲说,他这辈子从未近过爷爷的心。可父亲又极孝顺,虽是两位姑姑照顾爷爷多一些,但出钱出力,全是父亲。

父亲确认爷爷已故后,踱步到病房门廊,踱来踱去。国祥终于从电梯里出来了,父亲大呵他一声:"赶紧滚过来!"国祥便进屋给爷爷先磕三个响头。父亲才松了一口气,缓缓说:"人死了,神还在空里浮着,爹算是看见你孙回来了。放心去吧。"我靠墙倚在一旁,有些不明所以,难道我不是爷的孙?我正这样想着,姐夫孙白杨跑进来,气喘吁吁地喊:"燕子生了!"

爷爷是喜丧。葬礼赫赫扬扬。唢呐十六人,纸人四十个,纸马二十匹,花圈、元宝无数,衣帛物件八箱,纸扎电视、冰箱各两台,三层纸楼一幢,数十辆宝马、巡洋舰轿车头绑白花,浩浩荡荡,卢氏家族五服之内亲属近百人,匍匐在地,披麻戴孝,哭声惊动了整个登州。

辞灵后要吃抢遗饭,席开五十桌。鱼只上当日海上捕捞的新鲜黄花、牛舌、银鲳鱼,蟹只挑一斤以上的飞蟹,虾是一斤四头的对虾,每桌各上一盆刚杀的整猪头,各色珍馐美馔,目不暇接。只听人窃窃私语:"放眼整个登州,这卢家真是盛极一时,极尽体面。"

夜里十点,母亲去了姐姐家,父亲已睡下。我与国祥睡在二楼,兄弟二人,两两相望,并无话说。这几年来,我们先后投身高考,学业甚重,他入京念书后,更少相见。我们少不更事,爷爷故去,心下犹有哀思,不知如何泣诉。到底国祥先开了口。他说工作压力颇重,投资行业虽热火朝天,然深耕其中,却发现暗道横生,人性与制度的灰色之处常令他无所适从,无心沾染,更不愿同流合污。我时年少,尚听不懂其中深浅,只觉月色照下来,他那张像白纸一样的脸,在黑夜里孤独漂泊着。又觉他果真像极了他钟爱的梨花,一腔素净洁白,不落泥垢。国祥问我将来做何打算,接下来是工作还是继续读书,考研想报考哪所大学,学什么专业。我心中并无答案。那时举国留学风潮盛行,又想起父亲看奥运流泪的场景,便脱口说:"我想要出国留学,师夷长技以制夷。"国祥笑了,露出一口梨花白的牙齿,说:"出去见见世面是对的,人生应该更广阔。"我们这样说笑着,只听到楼下咣当一声,一看时间,已是夜里十二点了。

我们匆忙下楼,却见父亲拎一壶酒,出门去了。我与国祥对视一眼,父亲中午喝得酩酊大醉,我们忧心有所闪失,便尾随其后。只见父亲晃晃悠悠,走了近一个小时,身影最后隐没在卢家老宅村子的一处坟林里。我刚要再往前去,国祥却抬手拦住了我。我们怔怔地站在一棵青松之后,只见父亲蹲坐在爷爷坟前,他忽地呜咽起来,继而哭声四起,呼天抢地。

父亲来哭他的父亲。

3

爷爷走后,父亲衰老许多。他从不提及这些,是额颈的褶纹昭然把他出卖。在此之前，我们都忽略了父亲已然年过六十。人的力量能造成一种幻觉，他将永远那般专制、威严、神武、高高在上、悲悯众人、充满力量。相形之下，岁月却在母亲的脸上日行千里。女人易老，红颜易旧，造物主对母亲不公平。

铃铛的出生让悲伤去得快了一些。姐姐常抱她回来，父亲爱不释手。可每每逗弄一番后，他总要叹口气，说："可惜是个丫头。"姐姐便从父亲手中接回铃铛，强作欢颜地晃着铃铛微微笑。倒是母亲的脾性渐渐露出爪牙，她这时便会刻意大声地扔下手中的拖把或者抹布，摔出女性的愤怒给父亲听。

父亲其实听不懂这些愤怒。这是很多年后，我才明白的道理。漫长的成长时间，我总在反复琢磨一个问题，为何父亲爱他的工厂，爱登州，爱天下所有受苦受难的人，爱这世间一切抽象的宏大，却独独不关心他身边最具体、渺小的我们。有一年盛夏，父亲傍晚回来，说要带我与国祥去河里洗澡，我们自然兴奋得不得了，欢天喜地随父亲去。父亲一路都在打工作电话，把我们甩在身后好远。我与国祥匆匆追赶，一个趔趄，我不小心踩空了脚，滚下了山路旁十余米深的沟壑里，疼得哇哇叫。国祥大喊，可父亲已消失无影踪。国祥只得试探着一脚一脚往沟里下，不过几步，他踩空一块石头，也轰隆隆滚下来，身上青一块紫一块，伤得比我还重。我们两个可怜巴巴地等到天黑，才见父亲打着手电筒，带着几个乡亲来找。一向宽纵父亲的母亲为此事摆了好几天脸色，父亲倒也悻悻然，难得做小伏低。自那以后，我便多了一个心眼，再也不独自随父亲出去了。只有国祥傻傻的，不长记性，又跟着父亲跌了好几次跟头。

这年春，国祥的那棵梨树已经蹿到三层楼那样高了。母亲每年修剪它。旁人家的梨树都是枝叶横生，宽如莲蓬，唯独我家这棵，一纵往天上去，直挺秀颀，仪态修长。花开时节，国祥回故乡处理一些工作上的事，顺路回家。国燕也带着铃铛回来。铃铛已三岁多了，个子比同龄人要小些，她远远见到我们，一路跑起来，歪歪斜斜，嘴里含糊喊着"啾啾、啾啾（舅舅）"，喊得我们心都化了。我与国祥双双半蹲下来，展开两臂做飞鸟之姿，等她入怀。她跑到我们面前，却疑惑地停下了。她滴溜着一双乌亮亮的小眼睛，看看我，又看看国祥，溜溜转了两圈，一下子扑到他怀里去了。我颇为嫉妒，拈酸吃醋，全在脸上了。

国祥宠溺她，给她买的衣物不计其数。其中有一件黄绒绒的连体衣，这日铃铛穿上，在梨树下扭来扭去，活脱脱一只小黄鸭。母亲又要剪树。她取出一架云梯，剪去树半腰的几枝带着骨朵的枝丫，我与国祥各扶云梯一边，护住母亲。国燕在底下一枝一枝捡起来，又插在花瓶里。转眼之间，四五个天鹅颈花瓶中已是花枝舒展、疏瘦相隔、飞舞横斜。间或起一阵清风，带着暖熏的滋味，吹得人心头痒，吹得满树莹白如玉、薄如蝉翼的梨花瓣婆婆婆娑，吹得几只小白蝶在空中飞舞旋转，竟一时分不清是飞雪蔽日，乱花迷眼，还是蝴蝶化仙。回想起二十年前，我尚是幼童，正如铃铛这般大小。我们一家五口，绕着这株幼树数花开几朵，月色照下来，粒粒白玉般。无尽的甜蜜，涌上心头。

这时有人敲门。姐姐去开门，是一个二十岁左右的年轻男孩，他头发短短的，阳光下青色的头皮隐约可见，两只惨淡的眉毛半吊在一双深阔的眼上，鼻梁高挺，两唇修长。尚是初春，他穿得却甚为单薄。姐姐问："你找谁？"男孩说："我找我父亲。"姐姐温暖地笑出一个浅浅酒窝，又问："你父亲是谁？"男孩说："卢琪珍。"姐姐惊了神，张着嘴，回头看。母亲从云梯上一头栽下来。

家中顿时乱作一团。所幸母亲无碍，她指着国祥，要他去绣品厂把父亲找回来。国祥眼神凝重地看了我一眼，我点点头。他便去了。我张开双臂，搂着母亲。母亲待国祥去了，眼泪才滚滚掉下来。

姐姐平日多沉默，喜娴静，温婉待人，骨子里却是有主意的。她扯着门口那男孩的衣袖出门去，低声询问。好一阵，她红着一双眼进来。母亲闭着眼睛，不肯睁开，喏喏说道："说吧，我早料到了。"母亲这话一落地，我与姐姐反倒吃了一惊。我心里悲泣，母亲这些年，到底心里都承受了些什么。姐姐轻声说："二十一岁了，叫国梁。他妈妈上个月病死了，只给了他一个登州的地址。他一个人坐了十几个小时的火车，从深圳来，"姐姐顿了顿，又喃喃一句,"也是个可怜人。"我抬起头,看了她一眼,不知姐姐为何要补这样一句话。铃铛乖乖地坐在远处的一张竹椅里,不哭不闹,懂事得叫人心疼。

原来母亲是知道的。

父亲早些年以贩卖瓜果为生,曾常到西县去。一来二往,父亲和当地一个女人起了男女之情。一九九一年,西县闹出了一件大事。据往来做生意的商贩说,西县开展了一场名为"百日无孩"的运动。因计划生育政策落实不到位,垫了底,主事领导赫然而怒,祭出了一个政策,要求一百天内不允许有小孩出生。头胎也好,二胎也罢,只要女人怀了孕,必须拿掉。西县一时人心惶惶,大路上常看到拖拉机拉着一车又一车的妇女去做流产。如果谁家妇人怀着孩子跑了,一家人都要遭受株连,被绑去游街示众。那个女人就在这时怀了国梁。父亲带她逃去南方。待她生下了儿子,父亲才回来。无心插柳,也是在南逃的路上,父亲惊讶地看到南方蓬勃向上的发展生机,便决心再度南下,认真经营起生意来,攒下第一桶金。人生际遇,百事纠缠,如今想来,真是讽刺。

国梁母亲名唤柳琴,她与父亲在一起时,并不知父亲家有妻儿。父亲瞒了她。父亲对母亲、姐姐,或是说对女人,常有一种居高临下的玩味,心底深处将女人看作男人的一件附属品。这点与爷爷对奶奶的态度如出一辙。母亲怀姐姐时,父亲把嘴巴贴到母亲耳垂，说城里的老人讲，男上女下生儿子，女上男下生女儿。父亲又在母亲身下垫了一个高高的枕头，母亲害羞配合，果真怀孕后，母亲就更喜吃酸。爷爷破天荒地隔些天便拄着拐杖来送各类酸食，一家人见面喜笑颜开。结果母亲生了国燕，爷爷几年未再登家门，直至国祥出生。

国梁四岁那年，柳琴意外在父亲夹克内兜里发现了母亲的一张照片，逼问之下，才知前因后果。柳琴竟是个刚烈女子，一夜间带着国梁消失了，再无踪迹。父亲遍寻不着，过了半年，只得独自返回登州。后来我才知，那照片，是母亲偷偷放的。

母亲只是猜度父亲在外有过女人，并不料想，竟平白冒出了一个二十多岁的儿子。国梁活活成了她一生蒙羞的见证。

半日时间过去了，天色已凄凄落幕，国祥依旧没有回来。母亲嘱我再去。这时国祥打电话回来，说："父亲被警察抓走了。"

4

父亲被人举报，说他贪污、行贿、非法经营。国祥四处奔走，律师说若是数罪并罚，至少是十年以上有期徒刑。

国祥辞去工作，回家主理父亲一案。我也中止了原本出国留学的计划，协同国祥管理绣品厂。那真是一段无法言尽的痛苦岁月。起初与卢家常有往来的几家大门大户,尚与我们兄弟二人通走意见。不久却有消息传出,父亲一案所连甚广,几位民营企业家已被牵扯其中。自此渐渐再无人理会国祥,他去登门拜访,总被谢客婉拒。我们五服内的一位叔伯,唤作四叔,曾全赖父亲一手栽培,坐上了登州汽车厂副总经理的位置,每每年节,必提前一日来我家送礼问安,父亲母亲皆赞誉,言此人可交。那日,国祥拎着两盒瓷罐新茶,敲四叔家门,竟被四婶驱鬼一样地赶了出来,两盒茶扔至院门外,瓷片粉身碎骨,残躯满地。

我对管理这些事,真是一窍不通,一筹莫展,无计可施。常常干着急,怅怅不乐。国祥见了也不劝慰我,总是无声站在我身后,拍拍我肩膀,轻轻地,一下又一下。我这时才真的敬佩起国祥来。他的眼神里从无慌张,乌黑的眸子中日夜汹涌着亘古深沉的大海,打量着这人心如兽、万变莫测的人间。

父亲心有执念,认为男人必要多子嗣,家族才能兴旺。其时登州有规,若一胎是女孩,可再有一胎。父亲与母亲婚后数年未育,到了三十多岁才有了国燕。国祥出生时,父亲已年近四十。但父亲不满足,对母亲说,一个男孩太单薄,人一辈子,就活个人气。他带着母亲东躲西藏,又缴纳罚款,生下了我。我幼时玩伴,多是独生子女,他们常与我抱怨寂寞孤独,羡慕我上有兄姐。可多子女的家庭,兄弟之间的心理实则微妙。母亲疼这个多一些,父亲爱那个少一些，人性深处就有了比较，继而生出嫉妒怨愤。好在母亲对我与国祥皆尽心尽意，又有姐姐如第二个母亲一般疼爱照拂。我们兄弟之间，并无太多龃龉。只是父亲管生不管养，又对国祥多看重期待，常令我心头难解难堪。加之国祥只比我大三岁，我心里总有想暗暗较劲儿的念头，故总是直呼其名，甚少唤他一声兄长。二十余年来，我竟从未仔细端详过国祥。他额头宽广，天圆地方，鼻梁硬挺，眉目如画，一张鹅卵脸，英气里又平添几分温润。他长得真的最像父亲，却又完全不是父亲。

倒是母亲，从无一日相信父亲会犯下这些罪行。她素来不懂经营，也穿上利落的衣服，随我去厂里工作。她不会做别的，便下车间做家纺女工，同姐姐一起，每日说说笑笑，不动声色地稳住人心惶惶的工人：登州绣品厂，不会倒。有一日，绣品厂两个副总一起来向我辞职，我毫无办法，大为伤怀，心绪难安，夜里归来，见母亲正倚门而立，等我们兄弟二人回家。我见着母亲，心里悲情崩溃决堤，脱口而出："爸爸怎么犯下这么多罪？"母亲怒不可遏，一个巴掌扇到我脸上。"你爸爸没罪！"她扭身离去，跟跟跄跄，进了屋里，空留我一人愣在原地。母亲从未对我发过这般脾气。我委重投艰，负屈衔冤，放声大哭。这时国梁走了出来，默默陪着我。母亲竟允许他住进家里来。

已是冬天，下过一场初雪。国祥带回来一个天大的好消息：父亲将被无罪释放。

经查清，两家外地企业行贿本地官员，意图非法吞并登州绣品厂，两名副市长已落马受审。父亲为人直来直去，且常有盛气，多开罪于人，如今遭受这覆盆之冤，实属命厄。

母亲将家中挂满红灯笼，又在登州绣品厂连放三日爆竹、烟火，迎接父亲归来。国祥在挂了雪的梨树枝头也挂上两盏红灯笼，灯笼燃尽，映得他这些日子苍瘦的脸红润如玉。

父亲回来了。母亲却并不与他言语。一句宽慰的话也没有。卢国梁在我家里就这么悄无声息地留下了。大半年来，父亲不知在狱里遭受过什么，精神偶尔变得恍惚，对这个新儿子，常眯起眼瞧上许久，又默默起身走开。待他精神些了，恢复了往常气息，又总把国梁叫进他书房，俩人一谈便是一两个时辰。他想要国梁留下来，国梁却并不点头。我把耳朵贴到门上偷听，母亲见状总要打我。这样过了一月有余，一日下午，国梁忽地走进客厅，跪到我母亲膝前，给母亲磕了头，说是想回南方。母亲拿出两个包着存折和银行卡的信封递给他，说家里现有的钱财，一分为四，不偏不倚，一视同仁。国梁头磕得更响了些。国燕手里推着一只行李箱，打开来看，满是春夏秋冬的衣裳。国梁又跪下来，冲姐姐磕了头。

我和姐姐去火车站送别国梁。他走后，我问姐姐："你为何对他这般好？"姐姐回头看了看我，微微苦笑道："我和他都是没有父亲疼爱的人。"我怔在原地。姐姐又变回了一阵春风,摸摸我的头,说:"走吧,回家去。"

5

父亲对姐姐的婚姻颇为不满。姐夫孙白杨是邻县人,在父亲的绣品厂做车间搬货工时与姐姐相识。二人不知何时有了眉目,待母亲与父亲说要举办婚礼时,姐姐已经有了一个月的身孕。父亲大为光火,手指顶着孙白杨的额头咒骂半天,又怪母亲将姐姐教育得寡廉鲜耻。姐姐从未顶撞过父亲,任凭他责骂,只是默默忍受。

国祥在外求学,我正念高三,并不知家里究竟发生了什么,亦从未了解过一向温和的姐姐这次何以如此执拗,非他不嫁。只记得姐姐的婚礼最终如期举行,倒也无失体面。

父亲嫌姐夫没有学历,不求上进。其实姐姐的学习成绩也并不尽如人意。姐姐入小学时,正是家中最艰苦的时日,父亲常年不在家,母亲独自一人扛起家庭重任,披星戴月,心力交瘁。多亏姐姐帮扶,担起一半家务,不辞辛劳,勤勤恳恳。这样她的学业也就渐渐落了下来。且姐姐自小并无大志,淡泊名利,安贫乐道,从无争抢。这一点上,她与姐夫倒是性情一致。

可婚后几年，姐夫犯下赌博大罪，却是全家人都不能忍受的。那时我已上了本地一所大学，离家只有二十分钟车程，故每晚回家。一日夜里，我与同学玩乐到十二点多，怕归家太晚，被父亲责骂，便去姐姐家借住一宿。姐夫不在家，姐姐睡眼惺忪，也不多问我，自顾自又睡去了。我刚在侧屋躺下，便听见门外哐哐当当的敲门声，我起身穿了衣服，去叫姐姐。我们开了门，只见门外站着几个大汉，胖瘦不一，各挂青龙白虎的文身，人人手里一把斧头，乱哄哄嚷作一团。带头的那位一摆手，众人喧杂消隐，安静下来，他嘴里呲巴着一根粗烟，睨一眼姐姐，颇为神气。"你男人欠我们赌钱。我也不想为难你，把人交出来，赶紧还钱。"姐姐一双娇眼困酣，欲开还闭，疲乏地觑了他一眼。"下午警察已经把孙白杨带走了，现在他应该在局子里。你们去那里找他吧。"说完，姐姐轻轻把门一合，捂嘴打了个哈欠，竟回屋接着睡去了。留下那些扮凶的文身汉面面相觑，扒耳搔腮，不知所措。我辗转反侧，心疼姐姐这几年是受了多少委屈，屏气吞声，故作坚强，像极了母亲。我不想留她一人独自伤心，又穿上衣服，进了姐姐房里，想好好宽慰她。却见她四仰八叉，鼾声雷雷，睡得极深。我瞠目结舌，难以置信，好一个心大的姐姐！

　　第二日早，我匆匆回家，将昨夜事一一说与母亲听。母亲双眉不展，不露声色，说："她是累倦了，也心倦了。天天起得比鸡早，睡得比狗晚，干得比牛多，一天班也不敢落，还得带着铃铛，一样的受苦命。"我听后怅然若失，对姐夫自此厌恶起来。

姐夫不多久便从拘留所出来了，依然不常着家。又几日，姐姐要陪父亲去南方进一批新货。她把铃铛托付给母亲照应几天，又把钥匙交给我，嘱咐我家里有一只她收养的小猫，要我时常去喂点粮和水。我差点就忘了这件事。等我想起来，匆匆赶去姐姐家，竟发现姐姐家的院门被人拆走了，屋子里狼藉一片。卧室里散乱着几本书，我打开一看，全是赤条条的男欢女爱，淫词秽语，拨云撩雨，颠鸾倒凤，我正值血气方刚的年纪，从未接触过这样直白赤裸的耳目之欲，下身蓬勃不可收，燥欲难耐，竟白日宣淫了出来。这样恍恍惚惚，把喂猫的事早已抛之脑后了。

父亲回来后，得知姐夫又去赌，把家里的门拆了做赌资，一口气顶上来，病倒了。姐姐终于决心要和姐夫离婚。孙白杨死活不肯，连跪三日，说他控制不住自己，求姐姐原谅。母亲为了铃铛，于心不忍，给姐夫指了一条路。登州比邻日本、韩国，那时有大量穷苦人家没有出路，出国务工是不错的谋生选择。母亲让孙白杨也去日本打工，踏实赚几年钱回来，或许还有转机。孙白杨为了挽回婚姻，也为了戒赌，听了母亲的话，去了日本，一去就是六年。

父亲自狱中归来后，急于重振威风，一味扩大规模，要建新厂，导致资金链几近断裂。后又有多笔生意，有失判断，平白亏损了不少家底。这一桩桩事,父亲非但没有反思,反而变本加厉,愈发急躁,连国祥都劝不住。那时登州绣品厂的生意已急转直下,加之工人薪资随着经济发展水涨船高,国内市场又渐趋饱和,外国进货渠道亦把目光转向了成本更为低廉的东南亚市场,时代急转,曾经盛极一时的登州皮革厂、登州塑料厂、登州家纺厂纷纷倒闭,父亲苦苦支撑,东寻西觅,却始终不得良方。

父亲洗脱冤屈两年后,我赴英国留学,在伦敦遇见了我一生挚爱,将伴我一生的妻子宇婷。第一次见面,我便被她深深吸引,她一身白裙,旋舞在人群中,笑声朗朗,那样纯洁动人。再一聊,竟也是登州人。我心下便知,这应该就是月老牵线,天付良缘。我们一见如故,情投意合,结不解缘,不多久便住到一起。游子在外,我们鸿案相庄,举案齐眉,相互扶持,甚为宽心,宇婷厨艺了得,更解我思乡之情。我到英国三年后,父亲的登州绣品厂苦撑不住,最终难逃被人吞并的命运,我亦需靠勤工俭学补贴留学费用。宇婷家境贫寒,却自立自强,学业、打工诸多辛苦,百折不摧,我常自愧不如,对她肃然起敬。时年二十九岁,我与宇婷回国举办婚礼,父亲与母亲为我们操持得风风光光。

国祥年过三十,却一直没有女朋友。这件事让父亲耿耿于怀,甚是恼怒。国祥便更少回来。父亲出事后,他辞去工作,主理家事,后又在父亲的强势逼迫下选择自己创业,以承父志。国祥日日精疲力竭,心如悬旌,偶尔写信与我,说常觉浮生一梦,难以支撑，活得极累。我那时初到海外，漂泊无依，自顾不暇，只是潦草安慰。我成婚前一段时间，父亲三番五次打电话给国祥，命他带女人回家，说没有弟弟婚于兄前的道理。父亲拿我的婚事向国祥施压，又暗示我向国祥探问，他是否因为有男性隐疾才不交女朋友，凡此种种，弄得我们兄弟二人尴尬至极，不知所措。最后还是母亲说和，宇婷的母亲又两次主动登家门拜访，父亲挂不住脸面，这才同意我先结婚。

我婚后不久，深秋一日，国燕来送一顶她给宇婷新买的帽子。我与宇婷捂嘴偷笑，离寒冬尚远，姐姐却这般惦记。待笑意散了，一缕亲情感动又浮上心间。宇婷嫁我，也觉温馨。谁知第二日下午，母亲却慌张出门，她手足无措，鞋带未系，毛衣穿反。我忙跟上去问出了何事。才知姐姐早上去了医院，竟查说是肺里长了肿瘤。我一路抓着母亲的手，她如惊弓之鸟，失魂落魄。

我童年时的玩伴小普现已是一名医生。他把我叫出去，说情况不好，与姐姐只瞒她是良性肿瘤，让我早做准备。又说不可思议，他从医这么久，从未遇到姐姐这样的情形。她癌细胞已扩散至头颅，却并不感到疼痛，仿佛这些癌细胞也不忍心，刻意绕着姐姐的神经走。我问小普这些话到底是什么意思。小普叹口气，说是肺癌最晚期，至多能再撑一年。我一时无法接受，在走廊里恸哭出声音来。宇婷远远守着我，我哭过几分钟，她才缓缓走过来，眼眶红红，说："我们不能放弃。"

我给国祥去了电话，他似乎并没有反应过来，语气极冷静，只是说他去想办法找专家，便匆匆挂了电话。我又给姐夫打电话，才知他已在回程路上。他去日本这六年，日日与姐姐通话聊天，得知姐姐半个月前便摔倒在家里两次，是他强迫姐姐到医院做检查的。我才回味过来，自小到大，对姐姐给予的爱，我从来都是心安理得，而对姐姐，却实在关心太少。每念至此，吞声忍泪，追悔何及。国祥又来电话，叮嘱我先不要把最坏的结果告诉父亲母亲。于是这天大的事，便只有我、国祥和宇婷三人相互支撑，左右周旋了。

不过二十余天，姐姐已昏迷数次。她浑身插满了各样的管子，骨瘦如柴。铃铛才八岁，尚不知等待她的是怎样天崩地陷的命运，只是慌张地绕着母亲身边转，姐姐偶尔逗逗她，她便赶紧仰起小脸，笑得灿烂。姐夫一直陪在姐姐身边。他们夫妻二人双手相握，十指交扣，旁若无人，日日夜夜，念念叨叨。我在一旁看着，想起曾读过的一个故事，大概是说，一对夫妻，半生颠沛流离。妻病重，执手相望，说，人生百年，终有一死，如今半道相离，怵怵将去，黄泉路已近，不能白头到老，岂能不悲伤。丈夫听后，惨然大哭，两行眼泪，浐浐流溢。如今我看姐姐、姐夫，竟也恍如故事，再望去，我亦泪眼蒙眬。

姐姐尚有气力时，母亲与我来回送饭、换洗衣物，姐姐总微笑着看我们忙来忙去。还说等她好了，以后也要受这样的伺候。我别过脸去，噙着泪，大声开玩笑，说："你想得美，快点好起来，给我当丫鬟。"可是只要姐夫一出门，姐姐就直摇头，不让他走，嘴也歪着要哭。姐夫说他出去抽根烟，一会儿就回来，她还是摇头。姐夫便一刻也没有离开她。

这日黄昏，姐姐下体毫无预兆地大出血，继而神志全无。我们都知道，姐姐恐是不好了。国祥在北京夜以继日地找专家，好不容易找到了，又要等床位。我打电话给国祥，让他速速回家，不必再等了。

姐夫和医生说，想抱着姐姐睡一晚。医生摇摇头，指了指那几条插在姐姐喉咙、肠道、胃里的管子，说不行。这晚我与姐夫一同守着。姐夫把她往旁边挪了挪，腾出很小的地方，他俩挤在一张病床上。我在一旁，并不想阻止。姐夫躺下后，温柔地说："我好久好久没抱着你睡了，我今晚抱着你睡，别怕。"姐姐竟然点了点头，嘴里吐出了"嗯"的声音。十点左右，姐姐突然惊醒了一次，眼睛睁得很大。我喊来医生和护士，护士说她好像是打嗝，医生说不是，她是在说话，只不过说不出来了。姐夫抱着她睡着了。睡了二十几分钟，护士把姐夫喊起来，说是姐姐心率骤降，我一看，已经不到五十了。宇婷陪着父亲、母亲和铃铛住在医院楼下的一间旅馆里,我赶紧把他们喊了过来。姐姐的头半仰着,像一条吐泡的鱼。姐夫用手轻轻地、轻轻地,一下下抚摸着她的肚子。我在旁边,眼睛只是盯着姐夫的手,一下、一下,又一下,姐夫摩挲了八次,姐姐仰着的喉咙就慢慢浮上来一口游丝样的气,又十二次,姐姐的喉咙又隐隐动了一下。我这样盯着,医生却把我叫出去。我随医生走到门廊,他眼眶也红了,说"人已经没了"。

母亲哭得瘫软在地。铃铛抱着她母亲的胳膊反复摇晃,泪珠流落,犹如豆粒。父亲的眼泪已不清亮,黏稠稠的,缓慢地翻越横着的皱纹。他那样站立着,僵硬的身体一阵阵抽搐。他盯着他的女儿。姐姐瘦得只剩下一把骨头,一层皮,两条腿斜斜歪歪地插进胯骨里,像两根被人遗弃的枯枝。父亲这样盯着姐姐,过了片刻,他抬起一只苍老的手,抹一把眼睛,转过身对姐夫说:"早早去买寿衣和棺材吧,趁身子软,好穿衣裳。"这样的悲恸时分,父亲的理性和体面只让我觉得眼前这个男人是如此陌生、冷漠。那一刻,我竟对父亲充满了恨意。

姐夫并不理会。他挡开了父亲和母亲,缓缓走到姐姐身旁,伸出右手,轻轻合上了姐姐的眼睛;又俯下身,深深亲吻着姐姐的额头。这漫长的一吻,好深。好深。

凌晨三点零九分,殡仪馆来车把姐姐的遗体带走了。第二日早,姐夫对我说,他昨晚迷迷糊糊好像睡了一会儿,梦到姐姐回来看他了。迷迷糊糊地，有个很模糊的影子在他床边，慢慢变得清楚，渐渐又消散不见。姐夫问"是你吗？"，她说"嗯"。然后她握着姐夫的手，亲了他一下。姐夫说"你再亲我一下"，她又亲了一下。姐夫说"你咬咬我舌头。使劲儿咬，我就知道是你"，她轻轻咬了一下。姐夫哭醒了。他对母亲说，想把姐姐的骨灰带回他的故乡。

送葬那日，母亲、铃铛难过得痛肠欲裂。我站在她们身后，趔趄观望，只觉刺目痛心，哀号流血。国祥未能见到姐姐最后一眼，伤心惨目。

姐姐走了。年三十六岁。

绵绵此恨，竟无尽头。

6

姐姐走后有一年多，她的名字连提都不能提。母亲每日所见，一草一木，触景生情，泪不止息，无人可劝，这期间又大病一场，我与宇婷只得暂停国外学业，照顾左右。登州绣品厂转手他人后，父亲被迫出局，英雄迟暮，终日惶惶，无事可做，又白发人送黑发人，接连遭受打击，时而沉默寡语，木人石心，时而又焦躁无常，对母亲百般挑剔，抱怨母亲命不好，才拖累他落魄成今天这副模样。

　　母亲多选择沉默体谅,并不与父亲一般见识。孰料他却变本加厉,动辄对母亲粗口辱骂。一日傍晚,父亲正在看报纸,母亲替他倒杯热水,不小心溢出几滴到纸面上,父亲勃然大怒,嘴里咒骂着母亲,竟抬手将一杯滚烫的水生生泼到了母亲脸上。母亲痛得嘶声尖叫,我在一旁见到这番情景,勃然大怒,隐忍多年的情绪终于再也无法遏制,一个箭步冲上前去抓住父亲的衣领,大叫着:"你想对我母亲做什么?你欺侮了她一辈子,冷落了她一辈子,你算什么男人,算什么丈夫,算什么父亲!"我发了疯一般,如一只癫狂的野兽般嘶吼着。宇婷闻声从厨房里冲了出来,她拼命地掰着我抓着父亲衣领的手,我的十指已涨得猩红,根根都像吃人的鬼,毫无松动。

　　这一天终于来了!这一场在我心里已酝酿了三十余年的暴风雨,终于来了!在这乌漆漆的昏暗里,我任由心灵被愤怒吞噬,变成一只罔顾伦理孝道的恶兽。做了一辈子顺从、懦弱的人子,这一刻,借着鬼上身的胆量,我却体味到了一种从未有过的轻松。我向前逼近一步,苍老的父亲这一刻却如一只鸡崽,被我逼得连退了三步。他孱弱地倚靠到墙上,愤怒的眼神里夹杂着几分疑惑、几分惊恐,我甚至看到了几分欣慰。我狂吼着:"你把自己当成皇帝,控制着我们所有人的人生,凭什么!国燕一辈子臣服于你,从不反抗,结果落得个什么下场?你在外风流,想平白留下一个儿子,可国梁心里难道真心认过你这个父亲?自小你便瞧不上我体弱多病,没有活成你想要的男人样子,我又凭什么步步都要按照你的想法去活?国祥你倒是口口声声说喜欢,但你却拿婚姻羞辱他,拿事业压迫他,你最中意的儿子,你又哪里真正地关心过、了解过?都是棋子!都是你的棋子!你把所有人都当作你专制欲望的棋子!你就是个疯子!"我声嘶力竭地吼叫着,吼着、叫着,叫着、吼着……力气一丝丝从我身上流走,一瞬间,就那么一瞬间,我扑通一声瘫倒到地上。我搂着母亲的头,与她紧紧靠在一起,相拥而泣。

父亲却依然坚挺地站在那里,没有倒下。他怔了好久。他竟没有责骂我。他一句话也没有说。墙上的钟"咔咔"地走着时间,每一秒都是刽子手落下的刀。没人知道时间杀了父亲多少次。他挪动着脚步,缓缓走进书房,关上了门。

时间不动了。

7

父亲自此总把自己一个人关在书房。他不再与我们交流,甚至对国祥也不愿多看几眼。这期间,远在深圳的国梁得知姐姐离世,匆匆赶来祭奠,哭得真心,未负姐姐疼他一场。国梁与父亲少有联系，倒是间或会与母亲通话聊天，这世间人情，百转难测，实在令人感叹。我与国祥对这个凭空降落的弟弟虽并无太多了解，但多一个人宽慰母亲，我们皆心存感激。

第二年冬，国梁来电，他即将成婚，想请父亲母亲去一趟，二老应允。又过数月，国梁再来电，说生了女儿，母亲阴霾多时的面上终于浮上了发自肺腑的笑容，也为时运不济的卢家添上了一桩喜事。加之铃铛承欢膝下，母亲日日要接送她上学、放学，时间是抚平伤痛的一剂良药，至少能把悲苦暂埋心底。渐渐地，母亲终于又过上了一段安稳时光，我与父亲的撕裂，也在彼此的沉默中，成为一道隐形的伤疤，无人提及。当年春末，我与宇婷再度返回英国，完成学业。

二〇二〇年春，我与宇婷即将完成课业，准备回国，却被一场蔓延至全人类的疫情困在异国他乡达三年之久。我们的归国之路变得异常艰辛。一想到疫情之重，父母年迈，不免坐立难安。一次母亲在电话里忧戚地跟我说，院里那棵梨树，不知为何，成片成片地秃了叶子，恐是招了病，要死了。我猜她是心里忧惧，怕自己和父亲会感染病毒，只能哄小孩似的反复安慰她。父亲、母亲与铃铛幸运地躲过了最艰难的时期。就在全世界翘首以盼，准备迎来胜利曙光之时，真正毁灭我们一家人的灾难却如一道惊雷，以摧枯拉朽之姿，将我们这个原就如风中秉烛的家庭，一瞬间打得灰飞烟灭。

国祥自杀了。

二〇二二年秋天,十月十五日。我正坐在书桌前写一篇论文,电脑发出"叮"的一声,我打开邮箱,收到了国祥写给我的最后一封信:

吾弟国生:

你在伦敦可好?

我在外地出差。北方的城市,全都是插入云霄的大楼,太阳落下光来,成片成片的阴影,我躲在暗处,不见天日,谁也窥探不到我的肮脏。

还在封城。据说马上就要解封了。疫情要宣布结束了。可越落后的地方越封闭,我出差的这座小城,连只苍蝇都飞不进来。前些日子管理稍微松一点的时候,我去路边超市买些吃的,看到旁边有一家健身房,想去做做运动,放松一下。我不必骗你了,我的公司两个月前终于倒闭了。我并没有想象中的痛苦,反倒有一些轻松。我来出差,是讨要最后一点项目尾款的,能要回一点是一点吧。

我进了健身房,见到那个教练,就看了他一眼,我就知道,要发生一些什么了。

一个三十岁左右的男人,并不算英俊,方方正正的国字脸,很有男子气。他看我的眼神左右流转，我一下就知道，或许会发生一些什么了。国生，你不知道，我像一只老鼠一样，在阴沟里活得太久了。

他帮我拉伸，起初还规矩，慢慢就不老实了。他摸我屁股，一直停留在那里周旋，空气里全是情欲流动的声音。是一个私人健身房，只有我们两个人。他起身，把门反锁住了。门锁咔嚓一声响的时候，我竟按捺不住了。其实我并不是这一刻才按捺不住的。我按捺了二十多年。国生，你不要指责我为什么不能控制自己。我只是个人。我控制不住了。我翻过身，一把将他压在身下。那一刻，我才体会到，什么叫活着。

人活到一个时刻，必须决定你要成为什么样的人。

国生，那一刻，我是这样决定的。

父亲一直逼问我为什么不结婚，就是这样子。就是这样的。

魔鬼住在我灵魂里。三十八年来，我反复与它搏杀，伤害自己。我不能再去伤害一个无辜的女人。

过了十几天，我夜里发烧，汗水直淌，难受得很。我以为我染上了新冠病毒，拿试纸一测，并不是。我想起那次健身，心里生出一阵惊恐，匆忙赶去医院。路边的树、栏杆和街道全是扭曲的，狰狞着面孔看着我，我想到凡·高，终于理解他的画了。天知道，医生让我等等，然后告诉我，我的艾滋检测结果是阳性的。我不记得我是怎么走出去的，只记得我刚站起来，还没有走出门,那个医生斜了我一眼,急不可耐地在我刚刚坐过的椅子上喷满了消毒水,一遍又一遍。我安慰自己,没关系,小城市是这样的。可我一出医院的大门,就瘫倒在马路上,呼号着哭泣了。

国生,你猜我在哭什么?我是想到了父亲。他颧骨高耸,两腮深削,一双眼睛深深地枯萎在这残秋里,一丝也看不到光明。

我扮演着父亲理想中的模样活了整整三十八年。就一次,就这一次,国生,我压制不住心底那只魔鬼了。我想剖开自己的心脏,让它逃出去,也为自己活一次。命运便要将我彻底摧毁了。这些天,我天天在想,我到底做错了什么,老天要这样残忍地对待我。国生,你能给我一个答案吗?

我们总要在不停上演的悲剧里找到一些巧合。国燕走了,她委屈了自己一辈子。她是按照母亲的活法活的,顺从、隐忍、牺牲,到头来换得了什么?我呢?我只是想为自己活一次,反抗一次,就被死死钉在耻辱柱上,挣脱不得。

父亲曾对我说,老天创造了生命,男人负责播种,繁衍生存。做权力的主人,是男人的宿命。可真是这样的吗?为何我目之所及的中国男人,骨子里竟都是权力的奴才。这就是中国男人的宿命吗?国生,你从小总暗暗与我争夺父亲的目光,难道你不曾察觉,父亲的目光就是一把杀人的刀。我有多么羡慕你,可以在这刀光剑影之外自由地活。

我是被父亲的这把刀，一刀一刀杀死的。

我多么羡慕一个平凡的人，却又不敢、不愿、不能成为一个平凡的人。国生，你说我多可悲？

这个命，我拼了全部的力气去接着了。可我接不住。

国生，我写这封信时，已经服下足量的安眠药了。你不必悲伤。你该替我高兴。我真的太累了，不是我软弱。父亲这一生，志大而才疏，性英勇而自负，心怀苍生却不近私情，早年英气风发，中年落魄，晚年，姐姐病死，现如今，我也要去了。可他是一个真英雄。他深信天下兴亡，匹夫有责，这点，你要敬重他。

哥哥无能。父亲母亲，此后余生，就拜托你了。

你替我转告父亲，我若活下去，他便算是真的彻底被我杀死了。你告诉他。他全明白。

你若来得及回国，替我处理一下身后事。若来不及，骨灰一把撒进登州的大海里，或是埋在院角的那棵梨树下，也是很好的。尘归尘，土归土，都一样的。

国生，最后一件事，我还是想与你说。我临死之际，才明白人这一辈子，什么是最珍贵的。

我曾爱过的。我们相爱了七年。那是无与伦比的七年。中间也发生了许多残忍的事，不再提了。他要结婚。他很痛苦。他曾经爱过女人，就不该走一条人生最艰难的路。我不忍伤害他，更不忍伤害他父母。他母亲待我极好的。我们分别那天，我约他在月下见面。心里有很多话的，两个人却一句话也没有说。我强忍泪水，看了很久他的眼睛，用余光在月光下转身告别。他也没有再留我。他挥一挥手，我所有的青春也算是全被抹去了。

我们再也没有遇见过。忘记他，我整整用了三年。三年里，走在路上的每一个影子都是他；夜里入睡，常常眼角有泪痕都是因为梦到了他。这便是我的十年了。

国生，曾经我怨恨他，怨他把我引上了弯路，又抛弃我。后来我才醒悟，人自生下来的那一刻起，一切都是天注定的了。老天说的最大。我没有任何遗憾。他全心全意爱过我，我也牺牲过自己成全他。

谢谢他，爱过我。我的生命到了死亡的这一刻，我才知道，唯有爱，是我此生最珍贵。

替我转告母亲。我很爱她。请她一定原谅我。

兄：国祥

我那样呆坐着，瞪着屏幕看，反复看每一个字，一直看到我眼穿心死，万念俱灰。一个个字，一团团火星子似的，溅到我脸上，烧得生疼。我打电话给国祥，反复打，无人接听。

国祥的遗体是被酒店服务生发现的。因为防疫政策，他只能在当地火化。我拼了命地向医院、殡仪馆、交通局打电话，歇斯底里，几近撒泼，每一个人都深表同情，却丝毫没有办法，只是反复与我解释，依据现在的政策，只能把骨灰送回来。

父亲母亲没能见国祥最后一面。这样的哀痛，语言不必再形容。

8

死亡像鱼吐出的泡泡，一个接一个，接踵而来。我却比想象中平静。

这天下午四点多，和昨天、明天都是一样的平常。太阳晃出巨大的光晕，整片西天都是它的。一排排小杨树，叶子似一串串金色的铜钱，穿在笔挺的树干上。天上的云，好像一颗一颗竖着的鸡蛋，你挤我，我挤你，推推搡搡，怪可爱的。我想着这样的景色，国祥再也看不见了，两行泪无声流下来，静悄悄的。

我们这样一个家庭的故事就要讲完了。风风光光。平平常常。凄凄惨惨。惨惨戚戚。日子还要过下去。周而复始，生生不息。

小说家拿生活毫无办法，因为生活永远没有结局。

宇婷怀孕了。医院说是个男孩。父亲又振作了起来。

二〇二三年春，父亲在院子的东南角，又栽下一棵梨树。

终
END

谨以此书,

献给所有来过、爱过、活过的人。

© 中南博集天卷文化传媒有限公司。本书版权受法律保护。未经权利人许可，任何人不得以任何方式使用本书包括正文、插图、封面、版式等任何部分内容，违者将受到法律制裁。

图书在版编目（CIP）数据

一生何求 / 毕啸南著 . -- 长沙：湖南文艺出版社，2024.6
ISBN 978-7-5726-1757-7

Ⅰ.①一… Ⅱ.①毕… Ⅲ.①短篇小说—小说集—中国—当代 Ⅳ.① I247.7

中国国家版本馆 CIP 数据核字（2024）第 079396 号

上架建议：畅销·小说

YISHENG HE QIU
一生何求

著　　者：	毕啸南
出 版 人：	陈新文
责任编辑：	欧阳臻莹
监　　制：	毛闽峰
策划编辑：	史义伟
特约编辑：	赵志华
营销编辑：	杜莎 刘珣 焦亚楠
封面设计：	利锐
插画师：	刘小普 任宁
出　　版：	湖南文艺出版社
	（长沙市雨花区东二环一段 508 号　邮编：410014）
网　　址：	www.hnwy.net
印　　刷：	河北鹏润印刷有限公司
经　　销：	新华书店
开　　本：	875 mm × 1230 mm　1/32
字　　数：	137 千字
印　　张：	7
版　　次：	2024 年 6 月第 1 版
印　　次：	2024 年 6 月第 1 次印刷
书　　号：	ISBN 978-7-5726-1757-7
定　　价：	49.80 元

若有质量问题，请致电质量监督电话：010-59096394
团购电话：010-59320018